MEKTUP YAYINLARI

Yay. Yönetmeni : Recep Özkan
Kapak-Dizgi-İç Düzen : İrfan Kahramanoğlu
Montaj : Özener
Baskı : Özener Matbaası
Davutpaşa Cad. Kale İş Mrk.
No: 201-202 Topkapı-İSTANBUL
Cilt : Özener Ciltevi
D.Paşa Cad. Kale İş Mrk.
No: 201-202 Topkapı-İST

İlk Baskı Tarihi : İSTANBUL ARALIK 2010

ISBN : 978-975-6717-87-5

Mektup Adresimiz : **MEKTUP YAYINLARI**
Daruşşafaka Cad. Aksarıklı sk. No: 4/A
Malta - Fatih / İSTANBUL

Tel : 0212. 525 27 06
0212. 521 83 10

Faks: 0212. 534 18 71

www.eminesenlikoglu.org
www.radyomektup
e-mail: e.senlikoglu@hotmail.com

Müslüman Kadın AVRUPA'DA

— Yaşanmış Hikaye —

Emine Şenlikoğlu

Emine Şenlikoğlu Özkan: 1953'te Giresun'un Dereli ilçesine bağlı Anbaralan köyünde dünyaya geldi. Daha sonra sırasıyla; Adapazarı Sinanoğlu'na, son olarak da İstanbul'a yerleşti.

Gençlik yıllarında din arayışına girdi, İncil'i ve Tevrat'ı okudu. Daha sonra İslâmî ilimlerde eşi Recep Özkan ve özel hocalardan dersler aldı. Akâid, hadis usulü gibi ilim dallarında kendini yetiştirmeye çalışıyor.

İlk kez 1978'de yazmaya başladı. *Bursa Marmara, Milli Gazete, Yeni Asya* gazetelerinde, *Sur* ve *Ribat* dergilerinde yazdı. 1985 Şubat'ında eşiyle beraber aylık *Mektup* dergisini çıkardı.

1984'te yazdığı *Gençliğin İmanını Sorularla Çaldılar* isimli eserinden dolayı 1985 Mayıs'ında "laikliğe aykırılıktan" iki yılı gözetim olmak üzere 8,5 yıla mahkûm oldu. İki buçuk yıl hapis yattıktan sonra infaz yasasından yararlanarak hapisten çıktı. 163. madde kalkınca kitap serbest bırakıldı.

Ceza evinde yedi kitap yazdı. O kitaplardan, *Burası Ceza Evi* kitabı toplatıldı. (Yazar, *Burası da Cezaevi* isimli yeni bir kitap daha yazdı.) *Biz Bu Vatanın Nesi Oluyoruz, Ben Kimin Kurbanıyım* isimli kitaplarına da dava açıldı ve bunlar da toplatıldı.

Yirmi kadar kitap yazdıktan sonra, Türkçe ve edebiyat dersleri aldı ve ilk kitaplarını gözden geçirdi. Gelecekteki yazarların aynı hatalara düşmemesi için yazar olmak isteyenlere *Beyaz Devrim Kalemle Başlar* isimli kitabı yazdı. Yazarın üç şiir kitabı var. Aynı dönemde çıkan şiir kitapları arasında *Mahkum Duygular* isimli şiir kitabı Türkiye rekoru kırdı. *Yeni Devir* gazetesinde bazı şiirleri yayınlandı.

Şenlikoğlu'nun yazdığı bir piyes sahneye kondu ve sahasında rekor sayılan izleyici kitlesine ulaştı.

Yazar, yirmi yaşından sonra ilkokulu, kırk yaşından sonra da ortaokulu ve İmam Hatip lisesini dışarıdan bitirdi. Kırk sekiz yaşından sonra üniversiteye gitmek istediğinde, başörtüsü yasağına takıldı. Fakat bu alandaki mücadelesi de devam etti.

Çok kez yargılandı.

Çarşaflı olarak televizyona çıkışından, *İslâm'da Erkek* kitabından *Kadınları Kadınlar da Eziyor* romanına kadar birçok konuda hakarete varan eleştiriler almasına rağmen dik duruşunu korumaya devam etti.

Yurt içi ve yurt dışında birçok konferans verdi, radyo programları yaptı.

İki çocuk annesi olan Emine Şenlikoğlu'nun 1984 yılından itibaren yayınlanan eserleri şunlardır:

1. SERİ:

"GENÇLİĞE HATIRAMDIR"

1- Gençliğin İmanını
Sorularla Çaldılar
2- Bize Nasıl Kıydınız
3- Mahkum Duygular
4- Burası Cezaevi *-Toplatıldı-*
5- Burası Da Cezaevi
6- İslam'da Erkek
7- Ne Olur İhanet Etme
8- Ülkemi Arıyorum
9- Biz Bu Vatanın
Nesi Oluyoruz
10- Ruhumun Penceresi
11- Kelepçeli Kalemimden
12- Ağlatan Yollar
13- İnsanlar da Kayar
14- Telefonla Röportaj
15- Önce Soru Sorarlar
16- İsimsiz Kitap (Hiciv)
17- Vicdan Azabı
18- Maria
19- İdamlık Genç

2. SERİ:

"İNSANLIĞA ÇAĞRI"

1- İnsanlığın Belgeseli
2- Kıbrıs Sular İçinde Bir Yetim
3- Ben Kimin Kurbanıyım
4- Geri Tepen Kurşunlar
5- Radyo ve Basın Röportajları
6- Televizyon Röportajları
7- Uzaktaki Çığlıklar
8- Geçmişin İzleri
9- Sabıkalı ve Dul
10- Çingene
11- İmamın Manken Kızı
12- Son Pişmanlık Fayda Eder
13- Çin İşkencesi
14- Kadınları Kadınlar da Eziyor

3. SERİ:

"NESİLLERİN ÖYKÜSÜ"

(7'den Yetmişe Herkes İçin)

1- Şirin Köy
2- Küçük Kız
3- Küçük Kelebekler
4- Yılan Yavrusu
5- Kırmızı Elbiseli Kız
6- Satılık Çocuk
7- Topal karınca
8- Küçük Kızın Umudu
9- Hayâl Çocuk
10- Konuşan Serçe
11- Kardeş Sevgisi
12- Depremin Ardından
13- Ağlayan Köpek
14- Ali'nin Dünyası
15- Anne Büyüklere
Bir Şey Söyle
16- Baba Sen de
Bir Şeyler Söyle

Not: Nesillerin Öyküsü serisindeki öyküler birbirinin devamıdır.

4. SERİ:
"SEVGİNİN SESİ"

1- Hristiyan Gülü *Roman*
2- Harcandık *Roman*
3- Çağrı *Anılar, görüşler*
4- Bunalım *Fotoğraflarla Öykü*
5- Sevgide Hiç Vefa Yok mu? *Roman*
6- Esir Evliler *Roman*
7- Bir Adımlık Koşu *Şiir*
8- Beyaz Devrim Kalemle Başlar *Deneme*
9- Bilseydim
10-Erkekler de Derdi Gizli Yaşar
11- Kızlar da Ağlamak İçin Doğmadı

5. SERİ:
"BİLGİ SERİSİ"

1- Kılavuz: İslâm'ı Doğru Anlamak 4 Cilt

6. SERİ:
"CİVCİV AİLESİ"
BEYAZ SERİ

1- Civciv Ailesini Tanıyalım
2- Özür Dileyen Civciv
3- Karşılık Beklemeyen Civciv
4- Soru Soran Civciv
5- Hastalanan Civciv Çimiçimi
6- Civcivin Rüyası

"CİVCİV AİLESİ"
MAVİ SERİ

1- Civciv Ailesi Kır Gezisinde
2- Suya Dalan Civciv
3- Civciv Ailesi Yardım Ediyor
4- Eşyasını Kaybeden Civciv
5- Civciv Ailesi Dağılıyor
6- Çimiçimi Meşuy Oluyo

بسم الله الرحمن الرحيم

İnce Söz

Yaşlı bir Alman Hıristiyan kadına: "Müslümanlar ülkenize gelmeden önce, Müslüman kadın hakkındaki görüşünüz neydi?" diye sordum. "Onları, saraylarda yaşayan, çok zarif ve çok güzel kadın olarak duymuştum. Zihnim de, ay gibi parlayan kadınlar hayâl ettim" dedi.

Bir Müslüman Alman, ilginç bir anısını anlattı: "Müslümanlar Batıya işçi olarak akın edince, bir gün annesi sormuş, "Müslüman kadınlar, neye benziyorlar acaba?" diye. O zamanlar televizyon yok ya...

Aradan yıllar geçmiş, bir gün annesi eve geldiğinde heyecanla kızına gününü anlatmış, "Biliyor musun Helena, bu gün bir Müslüman kadın gördüm... Konuştu. Tıpkı bizim gibi insan, İsa'ya yemin ederim aynen bizim gibi insan." demiş.

Müslüman kadını, Ay gibi parlak ve güzel düşünen yüzlerce kadına karşılık, acaba insan mıdırlar? diye düşünen çok daha fazlaydı. Batı, Müslüman kadını gördü mü? Görmediyse görmeli, ön yargılar düzeltilmeli değil miydi?

Düzelmeliydi... Çünkü, artık Müslüman kadın Batıdaydı... Ve artık, Müslüman kadını saraylarda, Ay gibi parlak, diyen Batılı bir kadın yoktu. Fakat, "Müslüman kadın neye benziyor?" diyen de yoktu.

Batılılar, bazı konularda gelişme gösteriyor.

Doğulular da Tabii.

Emine Şenlikoğlu

17.11.2010 Belçika

Kadın insan, erkek de insan,
o halde insanları kim ağlatıyor?

I. Bölüm

Labirent

Yıllardır düşünüyordu Yazar, İslâm âlemine yağmur ve kar yerine umutsuzluk mu yağmıştı? Yoo, gökleri karıştırmamalıydı bu işe... Fakat şaşkındı... Yıllardan beri, dünya düzelsin insanlık bozulmasın diye yüz binlerce insan çalışmıştı. "Bunca çalışmaların etkisini yeryüzünde hâlâ neden göremiyorlardı, millet olarak hiçbir milletten aşağı olmadığımız halde" diyordu. "Gençlerimiz neden böyle Batı hayranı oldu? Ve Batının neyine hayrandı gençler? Hadi, Batı hayranı olmalarına katlanılabilirdi. Fakat, Müslüman gençler İslâm âlemini neden küçümsüyordu?

Yazar, takip ettiği gençlerin Batıyı cennet zannetmesinden yorulmuştu. Kendisini yoktan bile aşağıda görenlerin, kişiliklerinin, umutlarının, fikirlerinin, ufuklarının nasıl olup da bu kadar yosun tutmuş olduğunu ve o yosunların sahillere vurduğunu, bir türlü anlayamıyordu... Takip ettiği gençlere göre, Batıda hiçbir şey çürümezdi, kimse sokağa tükürmez, sokakta çöp olmaz, kimse kimseyi öldürmez, kadınlar ağlamaz, hiçbir kadın intihar etmez, kimse joplanmaz, kimse de hapislere haksız yere atılmaz, kimse kimseye haksızlık yapmazdı... Bu gençler nasıl olup da, ailesi bile duymadan bu hale gelmişlerdi?

Gençlerimizi kimler bu duruma getirmişti? Gökten yağmur ve kar yerine hiç durmadan karanlık mı yağmıştı? Hayır, gökleri karıştırmamalıydı bu işe? Fakat şaşkındı... Düşünüyordu yer yüzünde neler olduğunu. Fakat, işin içinden çıkamıyordu. Öyle ki, yine bazı gençlere göre, Doğu ile Batı arasında yıldızlara kadar uzanan bir duvar vardı, o duvarın Doğusu cehennemi, Batısı cenneti yaşıyordu... Hayalleri, ekonomiyle ilgili bilgileri de dumura uğratılmıştı, zira kendi ülkelerinden daha fakir olan ülkeleri de kendi ülkesinden daha üstün görüyorlardı. Batıda ırkçılık, sayısı unutulan insanları diri diri yakılmasıyla hatırlanırdı fakat, ne menem şeyse, bizim gençlerimiz bu vahşeti unutup, onlardan, hem de hiç ayırım yapmadan insanlık dersi almaya çalışıyor veya insani değerlerde onları örnek gösteriyorlardı.

Bu durum Türkiyeli Yazarı yakıyordu alev alev. Evet, Batının bazı örnek alınacak yönleri vardı, fakat Batı için de, Doğudan alacağı örnekler vardı. Gençlik bunu neden bilmiyordu? Neden Batı kayıtsız şartsız örnekti, Türkiyeli gençleri, kim bu hale getirmişti?

Batı neydi?

Tanımadan gösterilen ön kabullü bir örnek...

Karanlığı aydınlık olarak tanımlamak...

Propagandaların etkisiyle koşmak bilinmezlere...

Şık durmuyordu bu aldanış... Aslında hiçbir aldanış şık durmazdı, fakat affedilmesi kolay olan aldanışlar vardı. Bu aldanışlar, ülkemiz ne kadar ileri giderse gitsin, aldanan gençlerimizin ufkunu daraltıyordu. Onun için de kolay af olunamazdı birileri...

Aklına koymuştu Yazar, mutlaka Batı'yı yakından takip edecek, gözlemler ve araştırmalar yapacaktı. Defalarca gitmişti Batıya, fakat ön yargılı olduğu dönemlerdeydi o zamanlar, şimdi farklı, bakıyordu.

Fakat bir problem vardı. Bu öyle bir problemdi ki, onu adeta yakasından tutuyor: "hiçbir yere gidemezsin." diyordu. Zaten her şeyde, fakat olumlu olan her şeyde, sonunda bir hayır bulunan her şeyde, onu engelleyici bir sebep çıkardı ortaya. Yine de sabretmeliydi, edecekti... Önemli olan bu sebeplere rağmen hedefe ulaşmak değil miydi?

Türkiyeli Yazarın annesiydi engel. Kızının kitap yazmasına kızıyor, "Allah'ın kitabı yetmiyor mu bu insanlara? Ne lüzumu var da uğraşıyorsun?" diyor, kitap yazmanın önemini anlayamıyordu. Bu engelleme çabası yetmemiş gibi, secaatin arz ediyordu, "Biz de Müslümandık, biz böyle şeyler görmedik, ne konferanslar verdik, ne kitap yazıp okumalarımız vardı. Ne oldu biz gavur mu olduk?" diyordu.

Annesini kırmak istemiyordu, kırmayı göze alsa neler söylerdi... En başta Dininiz için, insanlık için siz ne yaptınız ki? diye sorardı... Varsa yoksa iki şeyi dert sandınız, biri nasıl geçineceğiz, öteki günlük malumatlardı, derdi.

Annesi kahvaltı yaparken derin derin baktı annesine. Acaba annesi miydi suçlu olan? Nasıl suçlu olabilirdi, annesi Karadeniz'in uçsuz bucaksız sanılan dumanlı dağların göbeğinde doğmuş, orda büyümüş, babasının Kur'an okuduğu için CHP iktidarı döneminde dibçiklerle yerlerde süründürüldüğünü görmüştü. Zaten o zamandan beri, İslâm için çalışmak deyince, babasının gördüğü zulüm vardı annesinin bilinç altında. Şimdi kızı da aynı işlerle uğraşıyordu, ya CHP yine gelir de, aynı zulümleri tekrar ederseydi...

Bunu direkt dillendirmiyordu fakat, satır aralarında bilinç altı, dil üstüne çıkıyordu. Bir defasında, kızına uzun uzun bakmış, "Bak annem söylemedi deme, onlar bir kere daha gelirse, bu sefer hepinizi asarlar!"

Annesi ölümden korkup, dünyanın düzelmesi için hiçbir şey yapmayanların etkisinde miydi acaba? Onların dümen suyunda gidenler de dünya düzelsin diye çalışanlar da öldü. Önemli olan, iki sınıf insandan hangisinin kârlı olarak öldüğüdür.

Yazar bu araştırma için izin istemişti. Batının romanını yazacaktı. "Sen izin ver anne. Batının romanını bir yazayım, göreceksin, onu okuyan gençler kendi ülkesinden iftihar edecek, en azından özenti olmayacak, Batıya karşı ön yargılı olanlar da düzelecek." diyordu. Annesi bir türlü ikna olmuyordu. "Başkası yazsın" diyordu. Zaten her zaman başkası yapsın, diye beklenmemiş miydi? Bu sözü duyunca Yazar, kendisini arı kovanında gibi hissediyordu. Her şey, başkası yapsın diye yapılmamış, yapılacak görevler birike birike büyük problemlere dönüşmüştü.

Başka problemler de vardı Yazara göre. Müslümanların çoğu, Batı insanının hepsinin mi gavur olduğunu sanıyordu ayrıca. Artık yalvarıyordu annesine: "Anne! Ne olur izin ver gideyim. Araştırma yapmam lazım... Çok sevap alırsın anne. Hem senin baban da, benim babam da bu araştırmaya çok sevinirler..."

Annesi cevap vermiyordu.

Batıda bulunan Müslümanların da, Hıristiyanların da hiç derdi yok sanıyorlardı. Özellikle, Batı kadını çok mutlu yaşıyor sanıyorlardı.

Batıda ise Müslümanların hepsinin terörist olduğuna dair bir önyargı vardı. Bu yargı öylesine kök salmıştı ki, adeta her Batılının beynine çivilerle çakılmıştı. Batılılara göre, bazı Müslümanlar insan bile değildi. Her Müslüman erkek kadın döverdi, her başını örten kadın, koca veya baba zoruyla örterdi başını... Müslümanlardan dindar olanların hepsi, Batılı insanı bir içim suda boğardı Batılılara göre! Çok azı aksini düşünürdü.

Üzülüyordu Türkiyeli Yazar. İnsan soyunun birbirine böylesine vahşice bakışı hiçbir tarafa hayır getirmiyordu. Acaba, hayvanlar alemi anlasaydı, insanların birbirine böylesine vahşice davrandığını, ne derlerdi? Ne düşünürlerdi?

Bir gün ilginç bir şey düşünmüştü: "Acaba, farklı kıtalardan hayvanları bir araya getirseler, değişik renkli ve dilleri ayrı olan hayvanlar da kendi cinsinden olan hayvanlara kötü gözle bakar mıydı? Birden toparlandı Yazar...

Hayvanlar sahiplerinin dilini anlardı, fakat onların ana dilleri kendi dilleriydi. Dünyanın bütün inek ve öküzleri bütün zürafaları, bütün tavukları, bütün kuşları, bütün yılanları, bütün domuzları ve bütün balıkları cinslerine göre, aynı dili konuşuyorlardı. Allah onların her cinsi için farklı farklı dil yaratmıştı, fakat aynı cinsten olanlar aynı dili konuşuyorlardı. Çünkü onların, dillerinden imtihan olmak gibi, önemli görevleri yoktu. Hayvanlar, insanlar için yaratılmış, otların birikimiydi, ruh taşımazlardı. Yaşadıklarının farkında olmayanlar sadece hayvanlardı. Ona rağmen, hayvanlar alemi insanlık ile kıyaslandığında sanki daha insaflı görünüyordu."

Birgün ilginç bir şey olmuştu... Canı sıkılıyordu Yazarın, radyodan bir sanat müziği çıkar düşüncesiyle radyoyu açtı, şarkı yoktu. Bulgarca konuşuluyordu. Biraz karıştırmak istemişti, belki başka istasyonda bulurdu sevdiği bir şarkıyı. Radyonun düğmesini her çevirdiğinde içinde farklı radyo istasyonlarıyla karşılaşıyordu. Yunanca, Çince, Rusça, Arapça, Türkçe, Arnavutça, İngilizce, Farsça, ve hangi dil olduğunu anlayamadığı onlarca dil gelmişti radyo düğmesinin ucundan.

Şu hangi radyo istasyonu olduğunu bilmediği kadının, ilk büyükannesi Hazreti Havva, ilk büyükbabası Hazreti Adem değil miydi? Yoo, beyni bu yoğunluğu tartamıyordu. Hz. Havva, Hz. Adem. Şu erkek, o da aynı anna babanın çocuğu... Şu... Şu... Ve onlarcası ve binlercesi...

Aynı ana babadan gelen evlatların, kimi Hıristiyan, kimi Müslüman, kimi dinsiz v.b. ama aynı atadan gelme, hepsi neden birbirlerine karşı bu kadar acımasız olmuştu? İslâm dünyasındaki yanlışları bulmuştu. Şimdi sıra Batı dünyasındaki yanlışlardaydı.

Neydi sebep? Hayvanlar yaşadıklarını fark etmedikleri ve ölümü bilmedikleri halde daha düzgün yaşıyorlarken, birbirine karşı daha insaflıyken bu insanlığa ne oluyordu? Türkiye'deki ezilen kadınları Batı takip ediyordu da, kendinde ezilen kadınları neden göremiyordu? Görüyorsa, neden, "görüyoruz" demiyorlar veya hâlâ neden bir çözüm bulmuyorlardı? Özellikle, neden, kadın sadece İslâm aleminde eziliyormuş mesajını dünyaya yaymışlardı? Niçin projektörleri İslâm alemine dikip, sadece bu tarafı dikizliyorlardı? İslâm aleminin yanlışlarından memnun olanlar vardı, neden? Aynı anadan babadan türemiş canlılara yakışıyor muydu bu durum? Hem, Batıda herkes mi aynıydı? Geçmiş çağlar insanlığı yaka yaka geçmişti... Basit konular yüzünden savaşlar çıkmıştı, milyonlarca askerin her biri onlarca insan öldürülmüştü... Hiç durmadan öldürme işleri sürmüştü Batıda... Çin'de... Rusya'da... Dönem dönem İslâm ülkelerinde...

Neydi bu insanlığın paylaşamadığı? Dünya mı? İşte dünya burdaydı ve herkese yetiyordu... Güneş ısısı ve ışığı mı? O da yetiyordu.

Harika dizayn vardı evrende ve yaratan herkese vermişti tabiatın nimetlerinden. Ve hâlâ veriyordu. Bir bölgeye vermediği bir şey varsa, o bölgeye başka bir şey vermişti. Üstünü çöl yaptığı toprakların altı petroldü. Ağacı olmayan kayalıkların bir değer, önemli bir maden olduğu zamanla anlaşılmıştı. Hem olmasa bile insan insandan yardım alabilirdi... İnsanlık kendi dininden olmayana da yardım eden canlının adı değil miydi?

İçinde, kimselere söyleyemediği, söylese de "Her iş bitti de şimdi bunları mı düşünüyorsun?" sorusuyla karşılaşacağını biliyordu, insanlığın bu kadar önemli konusuyla neden kimsenin ilgilenmediğini, acaba kendisinde mi bir anormallik olduğunu düşünüyordu. Yoksa kendisi hasta mıydı. İşin içinden çıkamıyordu. Yoksa insanlık topluca mı hastaydı?

Evet, geçmişte çok kötü çağlar görmüştü dünya. Dünyada bir yenilik yapılıp, gelecek çağlara örnek çağlar hazırlanamaz mıydı? Yanan bir binaya kendisi su götürecek olsa, bir kova su götürse bu bir kova su o bina için kâr mıydı değil miydi? diye düşünmüştü. Uzun uzun düşününce "Kâr" diye karar verdi, onlarca yüzlerce insan birer kova su götürse ve nereye dökeceğini bilerek dökse bir kova suyu, daha faydalı olacağını biliyordu. Başkaları da birer kova su taşıdığında... İşte o zaman o bir kova suyun önemi ortaya çıkardı. Kaldı ki, Batının Romanı bir kova sudan fazlaydı. Belki de, bir akar su olacaktı, en azından bu kitabı okuyanlar için.

* * *

İslâm aleminde yangın vardı. Fakat İslâm alemi yangını görmeye başlamıştı. Fakat Avrupa... Avrupa yanıyordu Yazara göre... Evet yanıyordu... Ve bu yangının, nasıl oluyorsa Batının kendisi henüz idrakinde değildi. Tembel arkadaşın hikayesini hatırlatıyordu Batı. Arkadaşının biri ötekine, "Alt katta yangın var" demiş, arkadaşı da "Üst kata sıcrasa da sigaramızı yaksak." demişti. Batının etekleri tutuşuyordu fakat iki tembel adamdan farklı bir şey söylüyordu Batı, "Ateş eteklerinden yukarıya çıksak da görsek." diyordu. O halde Batı insanına da yardım etmek gerekirdi. Fakat kim yardım edecekti? İşte bütün mesele bu soruydu?

İnsan çözüm bulucu özellikte yaratılmıştı. Buna rağmen ne büyük hayret ki, insan nasıl olup da meseleleri çözmüyor, her meseleyi kana dönüştürüyordu. Kendi payına düştüğü kadarıyla bu duruma asla seyirci kalmayacaktı. Hele bir ikna etsindi annesini, gerisi kolaydı. Fakat annesinin takıntıları vardı ve Yazar annesine asla akıl erdiremiyordu. Yazarın annesine göre, Türkiye bitmişti de sıra Batıya mı gelmişti. Kızı neden saçmalıyordu acaba? Aynen babasına çekmişti bu kız, işlerine akıl ermiyordu.

Yazar hep annesini ikna etmenin yollarını arıyordu. Avrupa'ya gitmeliydi araştırmalıydı ve Avrupa'nın Romanını yazmalıydı. Çünkü, Avrupa, Türkiye'nin ve İslâm aleminin Romanını çoktan yazmıştı. Üstelik abartıları, iftiraları da vardı ve yanlı bakıyordu. İyi de insanlar hemen aldanıyor ve korkunç bir şekilde şartlanıyordu, neden? Nedeni açıktı, düşman ruhunu tanımayan okuyucu, İslâm alemi hakkındaki yalanlara şartlanıyordu. İslâm alemi hatasız mıydı? Hayır. Ama anlatıldığı kadar da zalim değildi. Batının yazdığı roman, Müslümanların hakkını yiyordu.

Fakat Yazar, Batının romanını yazarken, hiçbir Batılı ferdin hakkını yemeyecekti. İyiye iyi, kötüye kötü, diyecekti. “Ben asla bu adetletsizliğe düşmeyeceğim ve inşaallah Batının Romanını İslâm’ın adaletiyle yazacağım.” diyordu Yazar.

* * *

Nihayet annesi bir şartla izin vermişti. "Ordan bana şu kırışıklarımı yok edecek bir krem getir. Madem aklına koydun, git bari, belki güzel bir şey yazarsın. Burda da güzel kitaplar yazıyormuşsun, bir okuyamadım, gözlerim görmüyor, okusam var ya, gözüm kör olsun güzel mi değil mi anlarım" demişti.

Evet yazacaktı Yazar. Batının Romanını yazacaktı. Emindi, ardından en az on yazar daha Batıya yönelik roman yazacaktı. Böylece, hep Batı İslâm alemini yazmayacak, İslâm alemi de onları yazacaktı.

Türkiye'nin Romanını yalanlarla yazmıştı Batı.

Üstelik Müslümanların romanı hükmünde olan ve Müslümanları canilerin canisi gösteren roman sık sık Oscar ödülü alıyordu. Aynı eser, sırf Müslümanları acımasız göstermeyi, güçlü bir edebiyatla başardığı için ödül alıyordu. Aynı eserin inadına, defalarca ödül almasına da alışmıştık.

Nihayet annesi izin vermiştir Yazar’a.

İzin alınmasına izin alınmıştı da annenin söyleyecekleri vardı: "Bak, kitapta yaz... Eee de... Amerika ne derse onu yapmasınlar... Eee de... Günah kızım o öldürdükleri insanlara yazık. Gürpe gürpe askerlerden kaç yüz milyon tane asker öldü. Allah kırsın ellerini... "Bak beddua alıyorlar... Onlara söyle... Eee de... "Bak kitapta sizi yazarım" de. Onları biraz korkut. Ne bu ya... Biz ölecük mü? Müslüman olduksa suç mu işledik... Sen söyle söyle bir daha Amerika onlara "Gelin şurayı bombalayalım derse; "Biz vazgeçtik" desinler. Onlar senden korkarlar söyle madem ki gidiyorsun bari adam gibi git."

Yazar hüznü bırakmış, gülme krizine girmişti. "Aman anne, onlar benden neden korksun, benim sesimi onlar duymazlar bile" diyecekti fakat gülmekten söyleyemiyordu.

Bir alemdi Yazarın annesi.

Fakat yine de geçmişin izlerini taşıyordu...

Yine de zalimi tanıyordu, tuzaklarını, gücünü tanımasa da...

* * *

O akşam yatağına girdiğinde annesinin kırışıkları için krem istemesini değerlendiriyordu. İnsan ne tuhaf bir varlıktı. Bir türlü kabullenememişti yaşlanmayı... Kırışmayı... Buruşmayı... Göç etmeyi. Dünyayı terk etmeyi... Sonra annesinin temennilerine takıldı aklı... "Batılara söyle Amerika'yı dinlemesinler"

Acımasız tutumu, gönüllere sirayet etmişti, Amerika ve yandaşlarının... İnsan neden kötüyü hissediyordu da, kötünün iyileşmesi için hiçbir şey yapmıyordu. Acaba suçlu kimdi? Annesi "İslâm'a ve insanlığa hizmet etmek," diye bir cümle üzerinde hiç düşünmüş müydü? Neyseydi, öyle veya böyle, geçmiş geri gelmiyordu. Sonuçta Sevinçten uçuyordu Yazar.

Ey Batı, ben geliyorum, şunu bil ki, sana iyilik yaparak yazacağım seni. Sen de Hazreti Adem'in çocuğusun. Dinimize, namusumuza, neslimize, vatanımıza ve canımıza zarar vermediğin sürece, sana asla bizden zarar gelmez. Daima dostluğumuzu göreceksin. Gün gelecek, "kapı komşum Müslüman olsun" diye uğraş vereceksin.

Çünkü Müslümanlar yardim sever...

Çünkü Müslümanların bilinçlisi çok iyi insanlardır...

Çünkü Müslümanların bilinçli olanları bilirler ki, bizi birbirimize dostluk yapmaya iten sebepler var.

Birincisi, her masuma merhamet etmek Allah'ın emri.

İkincisi, aynı soydanız, insanız. Ne büyük şeref.

Üçüncüsü, aynı Adem Peygamberden geldik.

Dördüncüsü, aynı dünyayı paylaşıyoruz. İlerde belki başka gezegenden gelenlere karşı elele mücadele edeceğiz.

Dördüncüsü, aynı Güneş sisteminde, aynı Güneşten aynı Ay'dan yararlanıyoruz!

Beşincisi, aynı topraktan geldik. Gelişimiz çok ilginç, hepimiz babamızın vücudundan geçerek annemizin çocuk yaratılan özel bölümünde inşa edildik ve hepimiz annemizin boğazından geçtik. İlginç bir geçiş ve rahimlerde inşa ediliş yolculuğumuz var, yaratılma hikayemiz var. Hepimiz aynı yollardan geldik ve ölmek üzere doğduk. O halde, birbirimizi en iyi biz anlamalıyız.

O halde neden birbirimizden nefret edelim? Hadi sevmiyorsak sevmeyelim, ama nefret niye? Nefreti, masum insan öldürenlere, kendinden başkasına yaşama hakkı vermeyenlere saklasak ya! Şimdi, nefreti masumlar üzerinde tüketirsek, hak edenlerden nasıl nefret edeceğiz? O nefret enerjisini nerde bulacağız?

İnsan, normalinden fazla ağlasa göz yaşları biter... Normalinden fazla nefes alsa ömrü kısalır... Allah, her şeyi dengeli vermiş insana.

* * *

Yazar hazırlığını yapar. Not defterini, ince uçlu kalemlerini almıştır. Dünya siyasi haritası ve diğer ihtiyaçlarını hazırlamış, Avrupa da gezeceği yerlerin planını yapmış, başta Dahav müzesi olmak kaydıyla gezeceği yerleri gözden geçirmişti.

Batıda tımarhaneleri gezecekti. En fazla kimler aklını yitiriyordu, bunu öğrenecekti.

Batılı kadınların hem mutlu hem de huzurlu olup olmadıkları konusunda, batılı kadında ne kadar farkındalık oluşturduğunu merak ediyordu. Onlarca konu vardı Batının Romanında işleyeceği. Mesela Batı insanı bir zamanlar delicesine sevdiği insanı yıllar sonra unutur muydu? Yoksa, çok kötülük yapsa da asla unutmaz, hastalığı bizim saf insanımıza mı aitti? Batıda dayak yiyen kadınların hepsi şikayetçi olamıyordu. Peki ne yapıyorlardı, bunları araştıracak ve bakacaktı. Batının aynaları, Batıdaki kadını göstermemiş miydi? Türkiye'deki şiddet gören kadını gösterirken parlatılan aynalar, acaba sıra Batıya gelince puslanıyor muydu? Bunları yakından görecekti.

Birde, Batı bakıyor muydu, çıkıyor muydu?

Batı, hasta mıydı, komada mıydı?

Batı, barbar mıydı, centilmen miydi? Hepsini Batının Romanı'nda işleyecekti.

* * *

Yazarın gideceği ilk yer, Fransa ve İngiltere'dir fakat bir konferans sebebiyle önce Belçika'ya gider. Belçika Brüksel Havaalanına indiğinde Belçika'ya, "Merhaba, bu defa sana farklı niyetlerle geldim" demek gelmişti içinden. Belçika'da ilginç gelişmeler olmuştur, Yazar biraz daha kalmak zorunda kalır bu ülkede. Umulmadık şekilde hastalanır.

Çok candan yeni dostlar edinmiştir. Nadire, Havva, Ayşe, Cemile ve onlarca yeni dost tanımıştır.

Ve bir gün kendisine konferans hazırlayan Havva ve Nadire ile uzun uzun sohbet etmişlerdi. Kafa dengi olduklarını farketmişlerdi. İki Hanım Yazarı, Yazar da onları çok sever. Birbirlerini on beş günde bayağı tanırlar.

İlk günler, Havva ve Nadire'yi çok sever.

Havva ile Nadire'nin hayatını dinler. İkisinin de romanını yazmaya karar verir.

Yazar, Nadire'ye çok şaşırır. Nadire Hayatında hiç görmediği bir kadın profili çizer Yazarın zihninde. Üç iş yerinin, bir de yuvasının, bunların yanında çevresindeki herkesin sorumluğu sanki Nadire'nin üzerinde gibi, her yere sermiştir kanatlarını. Yazar çevresinde becerikli, başarılı tanınmasına rağmen Nadire'yi gördükten sonra kendisini sıradan biri görmeye başlar.

Yazarın şaşkınlığının sebebi çoktur. Yazar, böyle bir Müslümanın varlığını benim okuyucum mutlaka tanımalı diye düşünür. Çünkü Yazar, insanda çok büyük potansiyel olduğunu, her insanın gayret ederse gizli kalmış yönlerini ortaya çıkarabileceğini biliyordu. Nadire, Yazarın tezini doğrulayan hatta aşan bir vakaydı. Her insanda bu kadar özellik bir arada bulunamazdı. Bu yapının yetişme tarzındaydı aklı. Nadire nasıl bir anne babanın elinde büyümüştü acaba?

Havva'nın evinde sohbet ederlerken sordu:

— Nadire, sen hiç mi dert çekmedin? Hep neşelisin?

Nadire alışılmışın aksine gülerek cevap verir:

— Çektim, demiyorum artık. Geçti o günler. Konu yapmaya değmez.

— Hangi günler?

— O günler. Boşver Hocam, sen ezilmeye müsait olursan, seni ezen çıkıyor.

— Sende hiç ezilecek göz yok ama...

Güler Nadire:

— Hocam, devenin üstünde kuduz dalar mı? Dalar.

Nadire muamma mı muamma.

Yazar çevreden öğrendiğine göre Nadire çok yürekli bir kadındır, onu Hıristiyanlar da dahil herkes sevmektedir. Ve çok da akıllıdır.

Nadire insanlara yardımcı olmak için çırpınıyor ve çok yardımcı oluyordu...

Mertti...

Sözünden dönmezdi...

Olayları gözlemlemesi harikaydı...

İyi bir eş, iyi bir anne, iyi bir kardeş, iyi bir kayın valide, iyi bir hala teyze, iyi bir arkadaş. Hepsi tamamdı. Yazar, Nadire'nin Belçikalılar tarafından sevilip saygı görmesini anlayamamıştır? Yazarla polise gittiğinde polis onu selamlıyarak karşılıyor ve uğurluyordu. Gittiği doktorlar bonjour Madam, diyerek kapıda karşılıyordu. Yazar bu madam tarzına alışık olmadığından biraz duraklamıştı. Sonra idrak etmişti ki, Merhaba bayan Nadire, demekti bu Fransızca'da. Nadire iş çevresinde de çok saygı görüyor, bazı milletvekilleri o ne derse onu yapıyordu. Nadire'de hiç konpleks yoktu. İyi de Nadire nasıl yetişmişti? Kendisi de bu konularda konpleksizdi, fakat kendisi, bu durum önce Allah'ın lütfü, sebepte anne babasının bilinç olarak onun yüreğini beslediğine inanıyordu. Peki, Nadire'nin böyle olmasındaki sebep neydi?

Olaylara çözüm bulması, ikna kabiliyeti, sayısız barıştırdığı karı koca, veya akraba, arkadaş vardır. Üstelik Nadire ilkokul mezunuydu. Fakat bazı konularda, bazı üniversitelilerle kıyaslanınca on üniversiteliyi cebinden çıkarırdı.

Belçikalılar da ona gelip derdini anlatıyorlardı...

Üstelik tesettürlüydü Nadire.

Orta boylu, kumral, kilosuyla da eski Anadolu kadınını andırıyordu.

Nadire, Karaman ilinin Kılbasan köyünde doğmuştur.

Nerde nasıl büyüdüğü konusunda pek bilgi edinememiştir Yazar, fakat emindir, bu yürek tesadüfen büyüyemezdi. Yazarın zihni allah bullak olmuştu. Böyle bir yetenek neden örnek olarak haber olmamıştı.

* * *

Nadire, Havva ve Yazar önlerinde arkalarında koruyucuları olduğu halde konferanslara giderler.

Yol boyu ilk günler ilahi okurlar, bir Havva okur bir Nadire. Bazen fıkra da anlatırlar, bazen de anılarını.

Havva, Hocadır. Aslında Nadire de hocalık yapar bir tarikat ocağında. Fakat ikisine birden korkunç bir iftira sonucu onların görevleri bir müddet durdurulur. Sorusuz sualsiz, mahkemesiz şahitsiz olarak.

Şaşırmamıştı Yazar. Kendisi defalarca yaşamıştı şahitsiz suçlanma krizini. Yaşamıştı, daha da yaşayacaktı belki, çünkü Müslümanlar henüz şahit konusuna alışamamışlardı.

Kim, kimden ne duyarsa hemen inanıyorlardı. Hâlâ alemlere Rahmet olarak gönderilen Peygamberin prensipleri, Müslümanların, belki de yüzde doksanında yer etmemiş, kabul görmemişti. Ne kadar ilginç bir suçlamaydı üstelik. İnsanın hayretten dona kalmaması mümkün değildi.

Havva Hoca çok ağlıyor, Nadire ise ağlamıyor, tarikattan kovulma ihtimaline karşı kendisini hazırlıyordu. "Tarikat kapısından kovulmak demek, Allah'ın kapısından da kovulmak demek, değildir ya" diye. Belki de kendisini teselli ediyordu. O da ağlamasa bile ağlamaktan beter yanıyordu zaman zaman "Allah, mahkeme edilmeden, böyle yargılanmayı kabul ediyor mu? Bu nasıl şey?" diye acı çektiği belli olan halle sızlanıyordu. Sonra birdenbire kesilmişti her ikisinin serzenişleri. Yazar aslında bu tür olayların sadece tarikatlarda olmadığını, ümmetin olduğu her yerde şahitsiz inanışların olduğunu bilmekteydi. Bu iki kadının kahrettiği konuyu merak ediyordu, müsait bir ortamda sordu:

— Nadire, bir mahsuru yoksa, anlatır mısın? Sizi bu kadar üzen suçlama nasıl bir suçlamadır? Merak ettim. Kahrınızdan nerdeyse yataklara düşeceksiniz.

Nadire biraz çekingen davranır:.

— Ya hocam, bu konuya girersek şimdi, "tarikatımızı şikayet etmiş" derler. Onlar benim kardeşlerim bana kırılmalarını istemiyorum:

— Hayır, tarikat meselesi değil ki bu mesele, insanın yanılması aldanması demektir bu. Her yerde var, biz neler gördük. İnsanın şahitsiz, mahkemesiz duyulan bir şeye inanması haramken, yalanlara inananlar yüzünden nice yuvalar yıkıldı. Evet biliyorum şahitsiz olarak bir şeye inanmak takva ehline hiç yakışmaz. Fakat, her takva ehli İslâm hukukunu bilmiyor. Tarikatınızın adını vermiyorum. İslâm dünyasının bir problemini dile getirmek de İslâm'a hizmettir. Aynı kişiler aynı hatayı Mekke'de olsalardı aynı hatayı orda da yapacaklardı. Çünkü duyduğumuz olaylara karşılık şahit istemek gibi bir pirensibimiz yok.

— İsim vermiyorsan anlatayım. Hala yüreğimde derin sızı hissederim bu olay aklıma gelince. Havva Hoca ve ben vekil idik. Cemaate vaaz verirdik. Bu arada bir şeytan musallat oldu bana. Benim yüzüme gülüyor arkamdan kuyumu kazıyordu. Tam da kuyumun kazıldığı dönemdi. Sohbetten sonra bir hanım geldi yanımıza, "Bundan sonraki sohbete, kocamdan izin alsam beni de götürür müsünüz?" dedi. Biz de götürelim, dedik. Kadını sohbet zamanı verdiği adresten aldık. Doğru dürüst, kadının yüzünü bile görmedim. Sohbet bitti, yine kadını evine bıraktık. Bu kadar.

Aynı kadın günler sonra evinden kaçmış. Kocası aramış aramış onu bulamamış. Sonra gitmiş, bizim vakfa, bizi şikayet etmiş. "Vekiller benim karımı kaçırdılar" demiş. Alttaki sorumlu üstteki sorumluyla, üst sorumlu da en tepeye bu iftirayı ulaştırıyor. Bize bir haber geldi ki, aman Allah'ım! Biranda Allak bullak olduk. Kulaklarım uğuldadı, Allah esirgesin, insan böyle olaylarda aklını bile oynatır. Biz kadını kaçırıp satmışız! Rabbim! İyi ki cehennemi yaratmışsın. Böyle iftira nasıl edilir. Hadi, diyelim ki, canı yanan koca yanlış hüküm verdi. Bizi tanımıyor. Peki bize görev verenler neden hemen inandılar? Karakterimizden, şerefimizden emin değillerse, bizi nasıl vekil yaptılar. Emin idiyseler hepi si bize kanat açıp: "Onlar şerefli Müslümanlardandırlar asla öyle çirkef işlerde parmakları olamaz" demeli değiller miydi?

Onbeş gün sonra kadın, kadın sığınma evinden çıkmış, o vekillerin suçu yok, diye çırpınmış, ama hiç kimse bizden özür dilemedi. Kocası kadını Türkiye'ye götürmüş ana babasına teslim edip gelmiş. Kadın alev alev yanarak, "Bana sebep olanlar benden beter yansınlar" diyormuş. Yansınlar. Bu acıyı bize çektirenleri içim unutmuyor. Kendi adıma söylüyorum, ben davacıyım. Her şerefli insan şerefi için yaşar. Biz sarhoşlarla yolculuk yapmıyorduk ki, biz Allah diyenlerle bir yola girmiştik. Neymiş "kapının imtihanıymış" Hayır! Hiç bir kapının böyle bir imtihan hakkı yok. İslâm'da imtihanı sadece Allah yapar. Ama bizim kapımızın değerli insanları üzüntümüzü hafifletmek için çırpınıyorlardı.

Aylar günler geçtikten sonra yukardan gelen emirle görevleri iade edildi. Sonuçta adalet yerini bulmuştu. Ne de olsa Allah diyen bir yerdi.

Yazar, ne olacak bu ümmetin hali, diye düşündü.

Günler böyle geçer.

Nadire yirmi üç yaşındayken konfeksiyon atölyesi açmış, başarı ile yürütüyordu. Yazarı hastaneye taşırken, gördüğü olayları Yazara anlatıyordu. Öyle ilginç olaylar yaşamıştı ki Nadire, Yazar ister istemez düşünüyordu.

Nadire'nin gördükleri yaşadıkları çok önemli konular vardı ve her biri lazımdı insanlara...

Ne yapsaydı Yazar. Heyecanla kendisini Batının Romanı'na hazırlarken şimdi Nadire'nin Romanını yaz, diyordu içindeki ses. Önce bunu, ötekini sonra yaz. Fikrini söylemeden Yazar, merakla sorar:

— Bunca olayı, detayına kadar aklında nasıl tutuyorsun? Özel bir çabayla mı, yoksa öylesine alıyor mu zihnin. Üstelik hiç karıştırmıyorsun da...Çünkü aynı olayı iki defa anlattırdım sana hiç şaşırmıyorsun.

— Allah'ın lutfu Hocam. Özel bir çabam yok. Aklımda nasıl kalıyor bilemiyorum.

Yazar insan özelliğine ait bir şey hatırlamıştı, insan emek verdiği ve de içinde bulunduğu olayları kolay kolay unutmuyordu. Özellikle çile çektiklerini, o konu için koşuştuklarını. Hani ne demişti bir düşünür" beraber güldüğüm insanları unuturum, fakat beraber ağladıklarımı asla!"

Nadire öyle olaylar anlatmıştı ki, Yazar, yazacağı Batının Romanını ertelesem de, acaba bunları mı yazsam diye, tekrar düşünmeye başlamıştı bile. Havva Hoca eşinden ayrılmıştı ve ayrılık sebebi ne şiddet, ne ihanetti. İnsan ağlatan bir ayrılma hikayesi vardı. O da hiç işlenmemiş konuydu, o da roman yapılmalıydı. Ayrıldığı eşiyle de görüşmüştü Yazar. Anlatılanların doğruluğunu tescilletmek istiyordu ve tescillenmişti de.

Önce hangisinin romanını yazsam diye düşünmüş, kura çekmişti, Nadire'nin romanı önce yazılmalı çıkıyordu kurada. Evet, bu başarılı kadının romanı ya da hikayesi yazılmalıydı. Yiğit ekmeğini taştan çıkaransa, Yazar da taşın bile hikayesini yazabilendi madem, kendisi de Nadire den bir roman çıkarmalıydı. Çünkü Nadire'nin örnek olarak gösterilmesi gerekiyordu. Üstelik Nadire'nin anlattıklarından çok roman çıkardı aslında.

* * *

Nadire'yle üç aydır aynı ortamdaydılar. Nadire'nin dilinden düşmeyen bir Hacı ağabeyi vardı. Hacı ağabeyi böyle dirdi, şöyle dirdi. Konuşmasında hem lehçe, hem de aksamında bazen çok farklılıklar vardı. Bazen de tam bir Türkçeyle konuşurdu. Çok seri Fransızca konuşan Nadire Türkçe konuşurken bir kelime Fransızca karıştırmıyor, Fransızca konuşurken de "ııı"ları "aaa"lar hiç yoktu. Kişinin zeka belirtilerinden biriydi iki dil biliyorsa, birbirine karıştırmadan konuşması.

İşverendir Nadire. Kırk kimliği vardır... Patron, şoför, anne, v.b.

Bir perde bir de tekstil mağazası, bir de taşımacılık işleri yaptığı iki üç kamyon vardı. Hepsini de yıllarca bir denge ile yürütmüştü....

Bir gün, Yazar sabah saat on birde başlamıştı Nadire'yi takibe. Nadire o gün o kadar iş yapmıştı ki, Yazarın takipten başı dönmüştü. Bir telefon oğlu Ramazan'a bir telefon polis dairesine açıyordu, ama polis, telefonu açmamıştı hemen kendisi Polis Dairesine gitmişti, vergi dairesine gidiyordu, avukata telefon açmıştı, bir milletvekiline birinin işlerini yapması için rica ediyordu, perde dükkanına müşteri gelmişti onunla ilgilenmişti. Daha onlarcası...

Yazarın aklı fikri bu başarılı kadının çocukluğunun nasıl geçtiğindeydi. Öğrenecekti. Hele bir Hollanda'ya gidip gelsin di. Nadire'yi dinlemeye başlayacaktı. Kararını vermişti. Nadire'nin romanını yazacaktı. Yazmalıydı. Nadire ile konuşmuş o da tamam, "Yaz be hocam, insanlığa bir de bizim hizmetimiz olsun" demişti. Hollanda'dan Sema 'dan telefon gelmişti. Sema bir konferans için Yazarı Hollanda'ya davet etmişti. Yazar da, "Araştırma için de iyi bir imkan" diye düşünmüştü. Kararlaştırdıkları günden bir gün önce, Yazar Hollanda'da olacaktı.

* * *

Yazar, Hollanda da arkadaşı Sema'nın evindeydi Sema'nın kocası bir trafik kazasında ölmüştü. İki yıl olmuştu kocasını ahirete göndereli. Türkiye'de yaşayan kaynatası ve kayın validesi ona para göndermişler, ordan bir daire al çocuklar okulu bitirene kadar orda yaşa, sonra istersen gelirsin, istersen kalırsın orasını sen bilirsin, demişler. Onları överken dilinden bırakmıyordu.

Yazar devamlı şikayet edenleri dinledikçe, dünyada iyi insan yok mu diyecek hale gelmişken böylesine iyi ve cömert, anlayışlı ve vefalı insan görmeye ihtiyacı vardı.

Sema, Yazarın on beş yıllık arkadaşıydı. Sema çok işler başarmıştı. İlk okul mezunu iken dışardan liseyi bitirmiş, belediyede görev almaya başlamıştı.

Sema'ya, "İyi bir kısmetin çıkarsa evlen, ama sakın bekar alma, onunda çocukları mutlaka olsun, karısı öleni tercih et. "İyi erkeği hiçbir kadın bırakmaz" demişler, ama bir eksiği vardı, Yazara göre, bazen her iki tarafta iyi olduğu halde ayrılık olabilirdi. Cahillik dönemlerinde nice kadın kocasını, nice erkek karısını eften konular yüzünden bırakmıştı, cehalet rüzgarı başından gittikten sonra pişmanlıklarından yanmışlardı cayır cayır. En güzel ölçü, evlenecek kişilerin, evlenecekleri kişileri iyi araştırmaları iyi gerekiyordu.

Sema kocasının resimleriyle donatmıştı evini. Yazar Sema'yı takip ediyordu, sanki kocası yaşıyormuş gibi bir duygu taşıdığını hissediyordu. Sema, kırk üç yaşındaydı. Yazarla sohbet ederken Yazar ona görüşünü söylemek istiyor, bu sebeple konuları konuşmak istediği noktaya getirmişti Yazar...

— Sema, sen sanki kısmet çıksa evlenecek gibi duruyorsun, hiç evlenmiyecekmişsin gibi kocanla yaşıyorsun. Kocan ölmüş ahirete gitmiş, ama sen hala onunlasın. Evleneceksen artık ondan ayrılmalısın. Evlenmeyeceksen, erkekten bahsetmemelisin.

Sema'nın gözlerinden yaşlar süzülmüştü hemen! Yazar mahsunlaşmıştı. Ağlayan bir insan görünce Yazar taa canevinden yaşardı o kişinin ızdırabını.

Sema'ya görüşünü söylemişti:

— Sema, benden sana tavsiye, sen evlenme. Ben dul kadının yetmiş yaşında olanına bile "Evlen" derim, ama sana demiyorum. Sen kocana hâlâ aşıksın. Ölen seninle diri kalmış. Sen evlenme. Çünkü, bazı kadınlar kocasından gün yüzü görmedikleri için, kocası ölür ölmez o kocayı unutur, ama senin kocan sana hep melek olmuş, şimdi yeniden evlendiğinde insanla karşılaşınca şoke olursun, hem kalbinde yatan biri varken...

Mavi zemin üzerine dekor edilmiş evin, cam kenarında oturmuşlar sohbet ediyorlardı.

Sema hâlâ ağlıyordu:

— Size bir şey söyliyeyim mi, şu gurbet elde yalnızlıktan korkmasam ben asla evlenmem. Çocuklarım iki kız bir erkek. Hepsi de sözlü. Bu zamanda damat yanında mı kalırsın, gelin yanında mı?

— Eğer insan iseler, ikisinin yanında da kalırsın.

— Kalınmaz be Hocam. Batı kültürü yaşlılıkla insanları yalnız bırakıyor. Bizde, anne babalar yaşlanınca, öf bile demeden onu memnun et varken, onlarda bakım evine atmak var. Çocuklarımız o kültürle büyüyor. Sen ona bir büyüğüne nasıl baktığını gösterdiğinde, çocuk seni modeller. Hele de onu rencide etmeden büyütmüşsen. İman ile bir inanca bakışı olmayan evlat hiç bir şeye benzemez. Çocuklarımızı imanlı yetiştirmeye önem vermeliyiz. Devamı İslâmca gelir, gelmese de bizim görevimiz bu.

— Doğru, ama bilmem ki. Annemle babam sağ olsalar onları getirirdim. Koca evde yalnız yaşanmıyor.

— Evet, bir kadının tek başına yaşayabilmesi için en az iki kişilik yüreği olmalı. Küçükken çok korkutulmuşsun.

— Doğru... Babam gurbete gidince annemle ben ve küçük kardeşim evde yalnız kalırdık. Evimiz rüzgardan sallanırdı. O zamanlar ben altı yedi yaşındaydım.. Annem bilinçli olsaydı da,"Bir şey olmaz, hep böyle sallanır." deseydi korkmazdık, ama annem de bizim gibi, yatağa büzüşürdü.

— Haklısın, anne babalar bu konularda çok dikkat etmeli. Bilmeli ki, çocuk yedi yaşında ne ise, onu yetmiş yaşına da taşıyacaktır. Atalarımız boşuna, "insan yedisinde ne ise yetmişinde de odur" dememiş. Peki bundan sonrası için ne düşünüyorsun?

— Bilmiyorum. Bir planım yok.

Yazar üzülür bu duruma. Hiddetle ayağa kalkar:

— Yapmayın ne olur bunu yapmayın. Müslüman kadın plansız olur mu? Ne demek bilmiyorum? Hani sen belediyede görev almıştın. Okula gidersen... Pedegog olursun... Millet vekili olmaya hazırlanırsın.

Güler Sema:

— Aman Hocam, kala kala vekillik bize mi kalır.

— Çok yanlış, bu söz çok yanlış. Ne demiş bir mütefekkirimiz,"Sen gemini hazırla, Allah denizi ayağına getirir." Sen hele iyice hazırla kendini.

— Aslında haklısınız.

— Kendinizle baş başa kalın ama dertlerinizle baş başa kalacak zamanı kendinize vermeyin. Bak ben seni beğeniyorum Sema, sen de bizim Ahsen gibisin. Nasıl mücadele etmiştin kızın Semra ile birlikte, nasıl okul müdürü özür dilemişti senden, senin o zamanki mücadelenden, yılmamanı, kavgasız, ama hakkını savunmanı çok taktir etmiştim. Senin gibiler rahatlıkla milletvekili adayı olur. Dünya artık şunu biliyor, Müslüman kadın Avrupa'da, ama her kesimin sesinin duyulduğu yerde, Müslüman sesi pek gelmiyor. Erkekler, eh biraz.

— Ama yüz akımız Mahiye Nur var. Erkeklerden Serdar Kılıç. Birkaç ülkede daha var bizden milletvekilleri, Serdar ve Mahiye Belçika'da milletvekili oldu. Mahiye Başörtüsüyle bir geçti Belçika meclisine, Müslüman kadını, bazılarının sandığı gibi olmadığını gösterdi:

— Doğru ama Mahiyeler bir ikiyle sınırlı kalmamalı. Batı bizi tanıdıkça siyasi yelpaze bize daha geniş yer verecektir. Mesela, felanca parti on Müslüman kadını milletvekili adayı koyacak, dense kaç kadın hazır? Kaldı ki, Müslümanlar olarak her ülkede, izin verilmişse parti bile kurmalıyız artık. Ya da partilerde yer almalıyız.

Sema. Kara gözlü, uzun boylu, kararlı bakan bir tipti. Çok da şahsiyetli duruşu vardı. Yazar, ancak bu kişilikteki kadınlar milletvekili olmalı. Gidip oralarda açılacaksa, başörtüsünü reyting aracı olarak kullanacaksa, başörtüsüne yazık etmenin ne anlamı vardı. Zavallı başörtüsü, şahsiyeti tamamlanmamış olanların da başında olabiliyordu.

Yazar:

— Sen belediyede halen görevli misin?

— Hayır.

— O halde hiç boş kalmamalısın.

Bu arada, çığlık çığlığa kalmış bir kadın sesi duyarlar.

Sema hemen kapının önüne çıkar:

Sema bir taraftan örtüsünü örtüyor bir taraftan söyleniyordu:

— Sen bekle Hocam. Ben hemen gelirim. Adam, karısını yine dövüyor. Bu psikopat mahvetti kadını. Gidip kurtarayım zavallıyı.

— Ben de gelsem.

— Olmaz.

— Peki. Bir bildiğin olmasa 'gel' derdin.

Yazar kapının önünde durmuş yukarıdaki sesi dinliyordu. Ses kesilmişti. Şaşkındı Yazar, bıkmıştı bu olaylardan. Sema hâlâ gelmemiştir.

Yazar evde yalnız kalmıştır.

Oturur, günlük notlarını yazmak, duygularını da not etmek ister fakat aklı çığlık atan hemcisine gitmiştir.

1976 yılında okuduğu bir yazı gelmişti Yazarın aklına, "kadın ancak Batıda mutludur." demişti büyük gazetenin birinde.

Allah'tan korkmayan insanlığı, hangi kanun her yerde

takip ederdi ki? Çağdaş dünya, Allah'ı çağın dışında tutmakla çok büyük hata yapmasını, noktanın varlık yoktur, demesine benzetiyordu. Kendi yaratıcısını yok saymakla inkarcılar tıpkı noktaya benziyordu.

Nereye koşuyordu çağdaş dünya?

Neden dünya hâlâ ateistlikte insanlık için yanlış yaşam tarzları olduğunu anlamamıştı?

Dakikalar sonra gelmişti Sema. Yazar sormadan heyecanlı heyecanlı anlatıyordu:

— Kristel çok iyi kalpli bir kadın. Rastlamış Allah'ın vahşisine hergün dayak yiyor.

— Kadın şikayetçi olmuyor mu?

— Psikopat kadını korkutuyor, "Çocuğunu bir daha göremezsin." diyor. Kristel de korkuyor. İnan bana ayda en az on kere gidip kadını ben kurtarıyorum zaten başkasına kapı açmıyor.

— Aaa! o neden?

Sema:

— Hani bizde Müslümanları sevmeyen hatta nefret eden tipler vardır ya, Müslümandan nefret eder, ama Hıristiyanlara çok saygılıdır. Aynen öyle, bu adam da Katolik bir ailenin çocuğu, Hıristiyanlardan nefret ediyor, ama Müslümana saygılı.

Yazar şaşırmıştır:

— Yani, insan her yerde aynı, diyorsun. Kötü her yerde kötü, iyi her yerde iyi. Hangi dinden olursa olsun, dininden kopan insanlar koptukları dinden nefret ediyorlar. Bence, bu nefretin sebebi dini değil, bu nefretin altında dindar birileri yatıyor.

— Evet evet. Babası çocukken çok baskı yapmış, İncili oku, onu yapma bunu yapma, bir de kilise yüzünden dayak yemiş babasından. Hep söylüyormuş.

— Anladım.

Sema hayretle soruyordu:

— Sen nasıl anladın Hocam, inan çok şaşırdım.

— Bir insan eğer bir ideoloji tarafından doldurulmamışsa o insan dinini bıraksa bile o dine, aşırı nefret duymaz. Fakat, o din yüzünden birilerince aşağılanmış ya da baskı görmüşse, o kişiye olan nefreti direk dine yönelir.

— Bunlarda çeşit çeşit ha. Eski evimde bir Hollandalı komşum vardı. O da Hiristiyandı, ama hanımına karşı çok kibardı. Bize de saygılıydı. Ama o Katolik değildi. Katolik mezhebinden olanlar çok farklılar. Bizden aşırı nefret ediyorlar:

— Hepsi mi?

— Bence yüzde yetmişi bizden nefret ediyor. Ama bizi yakından tanıdıkça nefretleri sona eriyor. İnsanlar çok ilginç. Hem Haçlı seferlerinde ülkemize gelen onlarken hâlâ bizi suçlamalarını anlayamıyorum. Üstelik ben Haçlı seferlerinde değilim.

— Önemli bir şey söyledin. Bizi tanıdıkça, Müslümanlardan nefretleri sona eriyor.

Sen de Nadire gibi, Müslümanca yaklaşım konusunda bilinçlisin demek ki. Nasıl anladın nefretlerinin gittiğini?

— Kendileri söylüyorlar. Biz sizi ailece tanıdıktan sonra Müslümanlara bakış açımız, olumlu yönde değişti, diyorlar. Yukardaki komşum da onlardan biriydi. Rahmetli ile benim, çocukların tavrı ondaki önyargıyı değiştirmiş.

— Peki beni yukarı neden götürmedin?

Biraz duraklamıştı Sema:

— Söylemesem olmaz mı?

— Söylesen olmaz mı?

— Peki söyliyeyim, ama kırılma Hocam. Sana güvenemedim. Tutar adama vurursun başımız derde girer.

Sadece gülümsemişti Yazar:

— Neden güldün Hocam?

— Beni nasıl bu kadar iyi tanıdın diye güldüm. Ama şunu da bil şimdi eskisine göre çok daha iyiyim. Uzun süre alttan alıyorum. Eee, adam gözümün önünde hâlâ vuruyorsa ne yapayım peki?

— Bilmem. Ben yapmam.

— Hayır yapamazsın.

— Yaparım da sonunu düşünüyorum. Sen boş ver Hocam onları, millet vekili olmam için nasıl hazırlanayım onu söyle.

— Şu Kristel'i bana bir anlatta, oraya sonra gelelim. O çığlık atarken ne diyerek bağırıyordu?

— Beni kurtaran yok mu? Tanrım beni kurtar, diyordu.

Saniyelerce düşünür Yazar:

— Acıdım kadıncağıza. Birinden, özellikle bir eşin eşinden dayak yemesi ne kadar feci bir şey, onur kırıcı, küçültücü. Dayağın olduğu yerde sevgi kalır mı? Sevginin olmadığı yerde mutluluk olur mu? Çok feci hem de çok. Erkeklerin cahili dövmeyi çok seviyor, dövmeyi de erkeklik sanıyor.

Allah yardımcısı olsun, ne diyelim.

Sema hayretle Yazara baktı:

— Aaa, Hocam, gavurlara dua edilir mi? Hem, Allah yardım eder mi?

Acı acı gülümser Yazar:

— Niye etmesin, o da onun kulu. Hem kadın gavur mu?

— Eveeet.

— Ama sen onun sana karşı iyi olduğu mesajını verdin.

— Evet, Müslümanlara çok saygılı.

— O zaman ona gavur değil, Hıristiyan diyeceksin. Gavur, Müslümana zulmeden gayri müslime, denir.

Sema şaşkındır:

— Nasıl ya Hocam, Hıristiyana nasıl dua edilir?

— Sen hâlâ orda mısın? Allah yardımcısı olsun, denir, Allah hidayet versin, Allah şifa versin, denir. Sadece Allah razı olsun, denmez. Bu dua, sadece Müslümana yapılır. Eee, neymiş adamın derdi? Müslümana özel üç kelime vardır. Biri selamün aleyküm, biri Allah razı olsun, biri de Allah rahmet eylesin. Neyse, adamın derdi neymiş?

— Belli değildi ki, içip içip geliyor. Kadını canından bezdirdi. Geçen yıl yanımızdaki evde bir İngiliz karı koca vardı. Kadın kocasının zulmünden intihar etti.

Yazar yine düşünüyordu. Batıda kadın intiharlarını çok sık duyardı.

— Ama bizim ülkemizde bu haber verilmedi.

Sema hemen veriyordu cevabı:

— Burda da verilmedi. Böyle şeylerin haberi genelde verilmiyor. Zaten verilse, bazen her gün intihar var Avrupa'da, fakat hepsinin haber yapıldığını sanmıyorum.

— İntihar, Türkiye'de ise haber değeri var, diyorsun.

— Galiba. Yoo, sadece Türkiye değil, İslâm ülkelerinin birinde olması, bazı Batılıya aynı tadı veriyor.

Yazar daralmıştı:

— Yukarıdaki kadına çok üzüldüm. Ailesi yok muydu bildirsek?

Sema biraz düşünceli cevap verir:

— Benim de aklıma geliyor bazen. Kristel'e söylüyorum "Asla olmaz" diyor. Aile işlerine karışmak olur mu? diye bir endişem var.

Sema girişken, eline aldığı işi bitiren bir tipti. Sorar:

— Benim yerime sen olsan ne yapardın?

— Bir mahsuru yoksa, ben hemen söylerdim.

— Tabii ki söylemelisin. Senin vazifen bu Hocam.

— Ne demek senin vazifen? Dayak yiyen bir kadına yardım hepimizin insanlık görevidir. Ben yarınki konferansı verip Belçika'ya dönüyorum. Dönmeye mecbur olmasam, bu kadının ailesini bulurdum. Ama benim üzülmeme gerek yok. Bir ay sonra yine burdayım Allah izin verirse. O zamana kadar bu işi halledersen bana müjde verirsin.

Sema hiç düşünmeden cevap verdi:

— Olur, inşaallah!

Yazar, düşünüyordu. Ne oluyordu dünyaya. İnsanlık neden kuduruyordu? Neden haddini bilmiyordu? Bazı konularda çok duygusal olduğundan, kendisinden yorulmuştu. Her gördüğü acı verici olaylar onun zihninde aynı kalıyordu.

Dünyayı değiştirmek gerekiyordu. Fakat işe nereden başlanacağını kestiremiyordu... Dünya için çok çalışan vardı aslında. Masonlar, sosyal içerikli sivil toplum örgütleri, partiler... Dünyanın hiç mesafe katetmediğine bakılınca, bu kurumların akıllarına göre doğru gittiğini düşündüler, ama doğru gitmediler. Ya da kasıtlı olarak bu zemini hazırladılar. Aksi taktirde bunca çalışmaya karşılık, dünyada, ya cinayetlerin ya da intiharların eksilmesi gerekiyordu.Eksilmedi aksine artıyor.

Sema' nın sözü ile sıyrılır düşüncelerinden:

— Hocam gelelim bizim konumuza, milletvekili olmak için ne yapmak gerekiyor? Gerçekten karar verdim ben, partilerle görüşüp aday olacağım.

Sema'ın gözlerine, "bravo" der gibi bakar Yazar:

— Önce yüreğini hazırlayacaksın. Müslüman kadını Batı da Doğu da görmeli artık. Ama kendinden ödün vermeden. İnancından taviz vermeden. Öyle hazırlanmalısın ki, milletvekili seçildiğin zaman ayağın yerden kesilmemeli. Ben bazı milletvekillerini önceden tanırdım.

Çok sıradan insanlar idiler. Millet vekili olduktan sonra yürüyüşleri bile değişti. Müslüman her şeye dünya malı olarak bakar. Sonunda kefen giyecek olan bedeninin, altın sarayda olsa bile, ölçüsünden ayrılmaz. Şöyle bir bak şimdi büyük makamlarda olanlara. Hepsinin bir gün öleceğini düşün. Eğer içlerinde kasılanlar varsa o kasıntı halleriyle, onların ölmüş bedenlerini yanyana getir. İşte o zaman kasılmalarının ne kadar anlamsız bir şey olduğunu fark ediyorsun.

Sema ilgi ile dinlerken ayağa kalktı:

— Hocam hem meyve getireyim, hem de not defterimi.

Sema mutfağa doğru giderken Yazar seslenir:

— Şimdiden, en azından belediyede küçük bir görev almalısın. Küçük çocuğun yok ki, o büyümeden hiçbir işte çalışma, diyeyim. Ya da git bir camiye, hiçbir şey yapamazsan bile, çocuklara masal anlat. Haftada bir gitsen, üç camiyle konuşsan yeter. Yani, boş duramayız biz. Bizi düşman görenler asla boş durmuyorlar.

Meyve gelir, Yazar iki mandalina yer. Ve yine konuşmasına devam eder:

— Önce, beğendiğin iki yazarın bütün kitaplarını oku. İki beyin aktar senin beynine. Sonra Hollandaca en az yüz kitap...Ayrıca bir adet. Türkçe Sözlük oku. Mesela Büyük Türkçe sözlük. Bir de Hollandaca sözlük oku.

Günde en az bir saat zikir yap. Zikir yapmayan dava adamları çöküyor. Sen milletvekili olmaya hazırlanırsan, en azı meclis üyesi olursun. Üç beş yıllık alt yapı çalışması, sana güç olarak geri döner.

Uzun uzun sohbet ederler Sema ile. Sonra Sema onu jipine bindirir, Amsterdam'da gezdirir. Bir de deniz otosuyla gezdirir. İlginç bir yerdir burası. Denizin üzerinde giderken altından tiren geçen tünelin üstünden geçerler, bir de üste köprü vardır. Hollanda'nın görmeye değer en güzel yeridir burası. Yazar, Türkiye ile Hollanda'yı kıyaslayınca için için yanmıştı yine. Ne kadar güzeldi kendi ülkesi ve bu güzelliği dünyaya anlatamamışlığın acısını çekti. Bir İstanbul boğazı, şairin dediği gibi, her semtine can verilirdi. İstanbul dışında da harikalar vardı. Özellikle Pamukkale... Orayı görmeye gitmezdi de insanlar, acaba neden Avrupa'yı görmek isterlerdi? Kendi ülkesindeki güzellikleri görmeyenin, başka ülkelerdeki güzelliği görmeye ne hakkı vardı. Doğudaki tarihi yerler, Karadeniz'deki hem tarihi hem de güzelim yeşil tabiat... Adeta rüzgarı bile yeşil esiyordu Karadeniz'in.

Ertesi gün Sema ile beraber kahvaltı yaparken kapı çalınır. Sema kapıyı açınca Kristel'le karşılaşır. Onu içeri davet eder. Kristel içeri girmiş, Yazar Hanımla tokalaşmışlardı... Sema Kristel'i sofraya davet eder, itiraz etmeden sofraya oturur. Sema konuşmaları tercüme eder Yazara. Sofraya otururken Kristel'in, "iyi olur, dünden beri ağzıma lokma sürmedim" dediğini Sema tercüme eder.

Yazar hayret içinde kalır:

— Neden yememiş?

Sema cevabı aktarır Yazara:

— Kocası hiçbir şey almıyormuş, "Sen de hiçbir şey alamazsın, evden çıktığını duyarsam, seni keserim," demiş. Kesme lafını cahil ve psikopat olmayan biri söyler mi?

Kristel, mavi gözlerini, arada bir Yazara çevirir, sonra utandığı için, gözlerini kaçırıp derin bir nefes alır:

— Misafirin nerden?

— Türkiye'den

— Akşamki misafirin de buydu değil mi?

— Evet.

— Ne kadar ayıp oldu. Tanrı bilir Türkiye'de bile böyle bir şeyle karşılaşmamıştır.

Türkiye'de bile... Bu "bile"yi uzun uzun düşünüyordu Yazar; "Bile" ne demekti? Türkiye'nin insanlık kalitesi henüz Batı seviyesine inmemiş olduğu halde, bilesi neydi?

Bilinç altına Türkiye'yi nasıl depoladığı çok net anlaşılmıştı. Fakat suç Kristel'de değildi. Peki kimdi suçlu? Duygularını belirtmeden cevap verdi:

— Zalim her yerde var. Batı ile aramızdaki fark, biz, zalimlerimizi saklamıyoruz. Üzülme, sakın utanma da Kristel, utanması gereken sen değilsin.

Kristel'in gözleri dolu dolu olmuştur. Yaşlarını adeta iterek tutuyordur gözlerinde. Belli ki ağlamanın acizliğin ifadesi olduğu şeklindeki safsata buralarda da tutmuştu.

Yazar kalkmış söylenerek geziniyordu:

— Of Allah'ım! Of... Of!.. Bir yere gideyim de orada hiçbir kadın ağlamıyor olsun ne olur!

Yaptığının yanlış olduğunu anlamış tekrar masaya dönüyordu:

— Ayıp oldu. Kahvaltı sofrasından böyle kalkmamı kızcağız yadırgamıştır. Çok üzüldüğümü söyle ona. Yerinde duramıyor, de. Kocasıyla en kısa zamanda konuşmak istiyorum.

Sema söylüyor, Yazarın teklifini:

— Olmaz. O kimseyi dinlemez. İşsiz kalalı, enerji tüketemeyince daha çok hasta oldu. Sadece bana saldırıyor.

Yazar:

— Tabii sana saldıracak. Cahil erkeklerin hepsi aynı işte. Ne olursa olsun, ben imkanları kullanmak istiyorum. Söyleyelim, kabul etmezse biz de başka çözümler ararız.

Hem söyle, kocası gibi, geri zekalılar bizde de var. Benden utanmasın.

Kristel karnını iyice doyurmuştu:

Yazar merak eder:

— Peki kocası da aç mıymış? Eğer aç ise ona yemek verelim.

— Hayır ona gerekmez. Evet ama o içki ile çerez yiyor. Aşırı içtiği için açlığının farkında değil, şimdi de uyuyor.

— Peki uyanmasını bekleriz.

Uzun boylu, sarı saçlı Kristel henüz otuzuna gelmemiştir, buna rağmen uykusuzluktan gözlerinin altı torba torba olmuştur.

Acıyordu Yazar. İki günlük dünyada bir insanı ağlatmanın, mutsuz etmenin kime faydası vardı? Ne istiyordu bu insanlar? Madem ki aldıkları kadının canını yakacaklardı, niçin evleniyorlardı. Gerçi artık şeytana asker olmuş gençler her istediği yerde kadın veya erkek buldukları için, evliliği sadece çocuk için istiyorlardı ama yine yanlış bir yolculuk yapıyordu Ademoğlu.

Kristel gözyaşlarını dökerken yarısını içine döküyordu:

— Ona inandım. Evlenmeden önce çok centilmendi. Benimle çok eğlendiğini söylüyordu. Evlendik sadece beş ay iyi gitti evliliğimiz, beş aydan sonra hep şiddet, hep hakaret, hep baskı, hep küfür!

Kristel birden acayip bir şey söylemişti. Sema tercüme erderken titriyordu:

— Karar verdim, ben intihar edeceğim. Yaşamam çok anlamsız.

Kristel tüyler ürperden bu kararını söylerken kararlı görünüyordu. Birşeyler yapılmalıdır, artık bu konuda bir şeyler yapmak, bu kararı duyan herkese belki de farzı ayın bir emirdi.

Yazar Hanım çözüm arıyordu. Aklına bir formül gelir:

— Sema, ortak bir arkadaşınız varsa onu çağır. Bu kadını alsın bir yerlere götürsün, seninle biz kocasına çıkalım. Durumu anlatalım. Müslümandan nefret etmeyen ateist genelde iyi huyludur.

Sema'nın da aklına yatmıştı bu.

Sema hemen telefona sarılmış, Gürbüz adındaki arkadaşını çağırmıştı:

— Gürbüz abla, biraz gevezedir, ama temiz kalplidir. Dayanabilecek misin?

Yazar Hanım için hiç önemi yoktu. Onu rahatsız edecek ne konuşabilirdi ki.

Çok geçmeden gelmişti Gürbüz. Kapıdan girer girmez Yazar Hanıma ilk sorusunu oldukça renkli sorar:

— Aaa! Sizi tanıdım. Ama çok ihtiyarlamışsınız. Niye ihtiyarladınız ya? Gençken çok güzeldiniz.

Yazar Hanım gülümsemekte bulmuştur çareyi:

— Ne yapayım, yıllar elimde değil, geçip giderken bana da hiç sormuyorlar. Ah bir sorsalar, o yılları başımda taşırdım geçmesinler diye.

Sakızını patlatarak, yüz hatlarını acıyarak kırıştırdı:

— Ayy, yazık be! Çok çökmüşsün sen... Seni gördüğümde geçtin çok güzeldin.

Yazar gülümseyerek sorar:

— Ben gençken sen hangi mevsimde yaşıyordun?

Gürbüz ellerini sallayarak. Cevap verir:

— Ben senden küçüktüm. Tam yedi yıl var aramızda. Kitabından aldım yaşını.

Kadın Yazara dikkatlice bakar. Kıvırcık saçlarını eliyle tarar gibi yapar. Sigara içmek ister. Fakat, Yazarın ricası ile karşılaşır:

— Rica etsem, sigaranızı balkonda içer misiniz?

Gürbüz dikleşerek bakar Yazara:

— Niye?

— Bizim çiğerlerimiz zarar görüyor. Birilerinin beni zehirlemesine neden izin vereyim?

Aldırış etmez Gürbüz.

— Bişi olmaz be. Atın ölümü arpadan olsun.

Yazar Gürbüz'e bakarak cevap verir:

— O halde balkona ben çıkarım! Anlaşıldı, siz ricaları önemsemiyorsunuz.

Gürbüz şaşkınlıkla itiraz eder:

— Ama olmadı şimdi. Hani anlayışlıydın sen? Müslüman böyle mi olur.

Yazar ne diyeceğini şaşırmıştı Sema'ya bakarak Gürbüz'e cevap verir:

— Kim dediyse yalan söylemiş anlayışlı olduguma inanma. Ben bu konularda hiç anlayışlı olmam.

Gürbüz, hâlâ dikkatlice bakar Yazara. Gözlerine diker gözlerini iyice yaklaşır. Yazar da şaşırır bu işe, Gürbüz Yazarın yüzüne yirmi santim kadar yaklaşır, sonra hayretini dillendirir:

— Aaa, gözlerin de kırışmış. Niye göz kremi kullanmadın sen ya! Ayy... Yaşlılık sana hiç yakışmamış... İnsan yaşlanınca çok üzülüyor mu?

Sema Gürbüz'ün tuhaf haline ve sorularına dayanamaz:

— Gürbüz abla biraz ayıp olmuyor mu? Bunlar nasıl sorular böyle?

Gürbüz elinde yakamadığı sigara oldugu halde salonda bir tur atar.

— Ne var sorularımda? Yaşlanmak suç mu? Merak ediyorum, insan çok üzülüyor mu? diye. Sen de her şeye bir şey bulursun. Bak Yazar abla bir şey diyor mu?

Kristel kendisiyle ilgili konuşuyorlar sanır.

Yazar Kristel'i düşünmektedir:

— Hadi Sema konuşun da yanımızdaki hanımı...Arkadaşımız alsın biraz gezdirsin.

Sema böldü Yazarın sözünü:

— Tabii tabii... Hadi Gürbüz Abla, sen bunu ne yap et burdan götür. Biz kocasının yanına çıkacağız.

Gürbüz soruları ard arda sorar:

— Siz nasıl elin adamının yanına çıkarsınız. Biz çıksak günah, dersiniz... Kendinize günah değil mi? Hem onunla neden erkekler konuşmuyor?

Yazar:

— Erkeklerin çoğu yüreksizlik yapıyor, böyle işe girmiyorlar.Ayrıca biz yerine göre erkekle konuşuruz. Hem biz, İslâmî hüküm neyse onu söyleriz, size farklı kendimize farklı bir din tanıtımı yapmayız.

— Sizde böyle işe girmeyin. Valla ben bilmem. Kocanıza söylerim. Ama Sema'nın kocasına söyleyemem. Ama Yazar abla sen kusura bakma senin kocana söyliyecem. Çok sinirlendim ya. Biz yapınca suç, siz yapınca ne?

Yazar çok şaşırır:

— Allah Allah! Ben şimdi ne dedim. Siz beni duyamadınız galiba.

Gürbüz:

— Duydum, ama yine de yalnış yapıyorsunuz. Elin gavuru ile ne konuşacaksın?

Yazar konuşmanın bir anlamı yok, diye düşünüp Sema'ya döner:

— Sema, hadi!

Sema Gürbüz'e döner:

— Hadi Gürbüz Ablaa.

Gürbüz Yazara ters ters bakar.

Gürbüz'le Kristel çıkmışlardı.

Yazar Hanımla Sema Hanım üst kata çıkar, zili uzun uzun çalarlar. Dakikalar sonra içeriden bir ses sorar:

— Kim o?

Sema tedirgin cevab verir:

— Ben Sema.

Adam cevap verir:

— Kristel yok herhalde.

— Biz sizinle konuşmak istiyoruz.

Kristel'in kocası yarı uykulu açar kapıyı. Adamın gözleri kapalıdır. Yalpa yaparak durur karşılarında.

Yazar adamı görünce kararını verir:

— İmkanı yok, bu adamla bu haldeyken konuşulmaz. Ne yapsak ki?

Adam, Yazarla Sema Türkçe konuştuklarından anlamadığı için merak etmiştir.

Sema adamın konuştuğu her şeyi aktarır ona. Adam Sema'ya sorar:

— Ne oldu? Kristel nerde?

Sema tercüme eder. Yazar, adamın karısını sevip sevmediğini merak eder fakat en fazla da merhametini merak eder:

— Sema, intihar etmeye gitti de.

Sema söyleneni yapmıştır:

Adam itiraz eder:

— Hayır! O bana kıyamaz.

Bu söze Yazar deli olmaktadır:

— Ya şu kendini görmezler varya adamı deli ediyor bu tipler. Bunlar zulmü yaparlar yaparlar, hâlâ eşlerinin onlara hayran olduklarını sanırlar ya, işte o zaman bana olanlar oluyor. Söylediğimi söyle adama. Karın intiharı düşünüyor, intihar ederse çok üzülürsün, de.

Sema denileni yapar. Fakat adam Sema'dan özür dileyerek kapıyı kapatmıştır.

Yazar üzgündür:

— Bu adam bu haliyle hiçbir kelimeyi zihnine taşıyamaz. Şimdi gidelim biz. Fakat çözüm arayalım.

Bu adamı ikna edecek birini bulmalıyız. Bir erkek olmalı bu. Psikolojiden anlayan bir erkek.

Sema, Yazarın yüzüne soru dolu bakar:

— Aman Hocam Müslüman erkekler kitap mı okuyor ki, psikolojiden anlasınlar.

Yazar merdivenleri inerken bakar Sema'ya:

— Sema, artık Müslüman erkekler eskiye oranla kitap okumaya başladılar. Ama kadınlar galiba biraz öne geçti. Yakında başa baş gelirler. Sema, Kristel kararlı gibi geldi bana. Ben yarından sonra dönüyorum. Camilerin birine git, durumu anlat. Çok hoşgörülü, bilgili güzel konuşan birini bu adama göndersinler.

— Tamam. Ama ben şimdi Kristel'i tekrar dövecek diye korkudan ölüyorum. Ne yapacağız?

— Bu defa onu biz yanımıza alalım. Çocuğu nerde? Daha doğrusu sen yanına al.

Sema duraklar.

— Çocuk Ana okulunda ama...

— Çocuğunu da alalım senin evde biraz saklayalım. Sen izin verirsen tabii.

Sema yine duraklamıştır. Çocuk devreye girince insanlara bir hal oluyordu. Yazar anlamıştı çocuk olunca Sema'ya evinin dar geleceğini:

— Sema, yüreğini geniş tut kardeşim. Kocaman ev, çocuk mu bu evi daraltacak? Benim korkum, adam senin evine dalarsa diye.

— Yoo, onu yapmaz. Zaten yapamaz da. Benim evime öyle ahıra girer gibi kimse giremez.

— Tamam. Çocuk gelince, adam görmeden onu buraya al. Adama da bir mektup bıraksın Kristel, çocuğunu sana hafta sonları getireceğim, desin. Ve ısrarla ayrılacağını bildirsin. Bir şartla ayrılmam, tedavi olursan, desin. Ayrıca, ayyaş her eve dalar. Kendini düşünemeyen seni hiç düşünemez.

— Hocam, bunlara hiç gerek yok ki, polise beni dövdü, evimde istemiyorum, dese, tamam o adam bu eve yaklaşamaz.

Yazar tepki gösterir:

— Olmaz! İnsani çözülmleri bitirmeden devlete müracaat etmeyelim Sema, o zaman o adamı tamamen kaybederiz.

Sema dudak büker:

— Aman kaybolsun canım, sadist kaybolsa ne olacak? Kaç paralık adam. Sıfatı ne, kariyeri ne, bilgisi kimligi ne. O kaybolsa daha iyi.

Yazar kendi çocukluğundan bir hatırasını canlandırdı zihninde. Babası annesiyle kavga edip evden çıkmıştı da, daha dört yaşında olmasına rağmen, evlerinin önündeki ağaca çıkmış babasını beklerken ağaçta uyumuştu. Komşunun haber vermesiyle annesi çıkıp almıştı ağaçtan. Allah'tan sık dalları olan ağaçtı da düşmemişti ordan! Sema ya baktı Yazar:

— Ortada bir çocuk var. Hem Allah'ın bir kulunu kurtarmış oluruz. Kadın hâlâ o adamı az da olsa seviyor.

Yazara aşırı tepki gösterir:

— Olur mu öyle şey? O adamın nesini sevsin?

Yazar derin derin bakar Sema'ya:

— O senin kriterlerinde öyle. Kadının kriterleri neydi de onunla evlendi bilmiyoruz ki... Sevgi bazen hemen gider insandan, fakat bazen de bir çakıldı mı biri kalbine, onu bir ordu gelse sökemez kişinin kalbinden. Kadın kim bilir nasıl sevdi. Adem aleyhisselam'dan gelme bir kardeşliğimiz var. Görevimizi yerine getirelim... İnsan, yardımcı olma özelliği ile insandır.

Uzun uzun konuşurlar ne yapılacağını. Bir saat sonra Kristel ve Gürbüz gelir. Durum Kristel'e izah edilir. Fakat Kristel kabul etmez bu teklifi. Kocasının onu mutlaka bulacağına inanır.

Gürbüz atılır, Yazara döner:

— Bakın bu yaptığınız yanlış. Kadın kendini yakacak olan ateşin benzinini artırıyor. Ne gereği var da siz hala uğraşıyorsunuz. Size ne bunlardan? Siz yazarsınız yazmaya baksanıza.

Yazar soru dolu bakar Gürbüze:

— Sadece yazarak insan ol, başka yerde insan olma mı diyorsun?

Gürbüz gözlerini açarak hiddetle cevap verir:

— Ne alaka? Siz böyle işlere karışmayın, karışmayın ya. Yazar dediğin her şeye burnunu sokmaz.

Kadın cehenneme mi girmek istiyor. Bırakın girsin. Sizin başka işiniz mi yok! Anlamıyor, anlamıyor işte,zorlamı?

Gürbüz, pantolon üzerine tunik giyen, oldukça kilolu. ama içi dışında bir insandır. Yazar kızamıyordu Gürbüz'e.

Kristel, korkudan büzüşmüş halde koltukta oturmuş ve konuşulanları anlamaya çalışıyordu.

Yazar Kristel'in çocuğunu merak eder:

— Çocuğu kız mı erkek mi?

Sema:

— Erkek.

Yazar çocuğun erkek olduğunu duyunca feci şekilde panik yapar.

— Aman Allah'ım! Mutlaka bir çözüm bulmalıyız! Çocuğun hayatı mahvolur. Gerçi kızı da çok etkiler, ama erkek farklı yönden zarar görür.

Gürbüz kendine has tavrıyla sorar:

— Aman hocam ya, siz de çok büyütüyorsunuz. Çocuk ne anlar?

Yazarın gözlerine gözyaşı birikir:

— İşte burda yanılıyorsunuz. Çocuk, babadan şiddet, hakaret gördükçe, "Ben kız olacağım, erkek olmak çok kötü bir şey." diyor. Çocuk kız olmak insanın elinde sanıyor. Kız olmayı düşündükçe de, cinsel hormonları dişileşiyor. Belki de bu yüzden. İslâm'da kadına benzeyen erkeğe erkeğe benzeyen kadına lanet var. Yani giyim kuşam, hal hareket olarak herkes yaratıldığı doğrultuda tavır almalı, öyle yaşamalı. Çocukken erkek çocuğa erkek olmak, kız çocuğuna da kız olmak çok önemlidir, mesajı çok bilinçli verilmeli. Erkek çocuk erkek olmayı severse, hormonları erkek olur. Ben bunun özel araştırmasını yaptım ve bu gerçeği buldum. Yıllarca süren bir araştırma bu. Yanılma payım hiç yok.

Gürbüz hayretle ağzını açıp bir müddet bakar Yazara:

— Aaaa! Ömrümde böyle bir şey duymadım. Boşuna kırışmamışsın o zaman, eğer erkek çocuk babadan nefret edince cinsel hormonları dişileşiyorsa, eşcinsellerin çoğu böyle eşcinsel olmuştur?

— Evet, aynen öyle. Kadınların dayak yediği yerlerde eşcinsel daha çok ama bunu halkımız bilmiyor. Benim de duyurmaya galiba ömrüm yetmeyecek. Tabii Allah bilirde.

Yazar çok uğraşır, fakat Kristel'in dengesiz duruşundan dolayı düzgün bir karar veremezler.

Kristel evine girer. Yazar ve diğer iki kadın onu dışarıda beklerler. Biraz da yiyecek verirler. Kristel içeri girip bakar, kocası horlayarak uyumaktadır. Döner merdivende bekleyen kadınlara durumu anlatır.

Ertesi gün Kristel gelir ve geceyi nasıl geçirdiklerini anlatır:

— Uyanınca sanki bir şey yokmuş gibi yanıma geldi. "Biliyor musun Kristel, nasıl bir rüya gördüm. Sema ile beraber bir Müslüman kadın gelmişti, senin intihar edeceğini söylüyorlardı. Sakın öyle bir şey yapma olur mu? Beni tek başıma bırakma."

Kristel tam zamanı diye düşünür.

— "Benim elimde değil ki bu istek. Sen beni mutsuz

edince, benim ölmekten başka çözümüm yok." der.

Adam "Bir daha olmayacak aşkım"der, her zaman ki gibi. Kalkar ve markete gider. Çok karışık durumdur görünen. Yazar bu adam tedavi olmazsa bu ailede bir bela çıkar, diye düşünür.

Çocuğu görmek ister Yazar. Yazarı çok sevmiştir Kristel. O yüzden bir dediğini iki etmez. Yazar da Kristel'i sevmiştir.

Çok geçmeden çocuk gelir.

Yazar çocuğu gördüğünde içi sızlar. Sapsarı bir çocuktur. Ürkek ürkek bakmaktadır insanlara.

Yazar çocukla oynamak ister, ama başaramaz. Güldürmeye çalışır fakat ne yapıldıysa gülemiyordu çocuk.

Yazar günahsız yavruya baktıkça, için için adeta erir. Minik minik gözleriyle insanların onunla neden ilgilendiğini araştırışçasına etrafa bakmaktadır yavrucak.

Yazar, "Suçlu Kim?" diye yine düşünür", suçlu kim?

Bu adam içki içmeseydi, alkolik olmayacaktı. Özgürlük adına yapılan her şeyin ağır bedelleri olduğunu, bu bedelleri ödeyenlerden ikisi hatta üçü bu ailedeydi.

Çocuğun başını okşamak ister Yazar. Fakat çocuk başını kaçırır, annesinin dizine koyar başını. Yazar, acımaktan başka hiçbir şey yapmayarak bakar çocuğa.

Ertesi gün.

Yazar zihninde Kristel ve kocası Josef olduğu halde

gider konferansını verir. Konferansı, dünya Allah'ı dinlemediği sürece insanlığın asla mutlu olmayacağını anlatır. Genç kızlarla özel sohbetler yapar. Sorular sorar, onların sorularına cevaplar verir. Kitaplarını imzalar, konferanstan yine Sema'nın evine gelir. Ertesi gün uçakla Belçika'ya dönecektir.

Akşam olduğunda Kristel yine gelir. Durumunu rapor eder. Adam gelenleri hâlâ rüya sanıyormuş. Bayağı etkilenmiş. Fakat Kristel'in psikolojisinin bozulmuş olduğunu görüyordu Yazar. Daha önce de bir kez intihar etmeyi kafasına koyan insanın kararlı halini görmüştü. Aynen o kıza benziyordu Kristel.

Söylenenleri dinlemiyor...

Söylenenlere inanmıyor, hatta lüzumsuz görüyor,

"Boş verin, benimle vakit kaybetmeyin" diyor.

Cevaplarını kısa kısa veriyordu.

Yazar gönül kollarıyla, canıyla başıyla yardım etmek istiyordu, fakat çaresi yoktur. Ne kadar aciz olduğunu düşünür bir an. İnsanlar güçlerini birleştirmezse, tek başına her insanın ne kadar güçsüz oldugunu görür.

Televizyonda bir tartışma izler. Herkes kendi fikrinin doğruluğuna inandığı için kimse kimsenin ne dediğini asla dinlemiyordu. Bu arada Gürbüz gelmişti. Siyah pantolon üzerine kırmızı tunik giymiş, saçlarına bir de siyah toka takmıştır. Kapıdan girer girmez, getirdiği meyveleri masanın üzerine koyduktan sonra hemen Yazara dönmüştür:

— Bak şimdi Hocam. Sana kızgınım. Gece aklıma geldi, yahu dedim, yoksa hoca beni adam yerine koymadı mı. Okuyucu olmaksa biz de okuyucu oluyoruz, kitabını almışız. Gerçi onu da bir fırsat bulup okuyamadım. Ama yıllar önce aldığımı okudum şunu da bil ben sana kırgınım.

Yazar şaşırmıştır:

— Hayırdır, bana kırgınlığınızın sebebi nedir?

Gürbüz küskün eda ile bakar Yazara:

— Ne olacak, siz beni neden tanımadınız? İmza gününde ben senin yanına gelmiştim.

Yazar daha çok şaşırır:

— Haydaaa! Bu da nerden çıktı şimdi. Benim yanıma bir kere gelmişsiniz, hemen beynimde yer etmeniz kolay mı? Siz bir görüşte herkesi ezberleyeyim istiyorsunuz, bu nasıl mümkün olur?

Gürbüz koltuktan kalkar Yazarın yanına gelir, parmağını Yazara doğru uzatarak tavsiyesini yapar:

— Elbette. Ezberleyemiyeceksen, yazar olmıcan.

Yazar güllümseyerek:

— Ama benim yüz bin kişiye kitap imzaladığımı düşünün, herkesi ben nasıl zihnime yazayım ki? Sence bu mümkün mü? Buna rağmen genelde imzaya gelen hanımları ikinci kez görünce "Bu gördüğüm bir yüz" diye tanırım. Siz de yabancı gelmemiştiniz, ama emin olamamki!

Gürbüz ikna olmaz:

— Evet anlıyorum, ama bunu belirtecen. Hem herkesi değil beni hatırlamalısın ben herkes değilim. Ben çok önemli bir kişiliğe sahip biriyim. Beni ötekilerle karıştırmayın çok ayıp Hocam.

Yazar bu çok renkli kadına hayretle bakıyor, onun kendisinden ne istediğini çözmeye çalışıyordu. Ne demekti, "Beni karıştırma" demek. Yazar merakla sordu:

— Neden? Sizin ayrıcalığınız ne?

— Dedim ya, benim özelliklerim farklı, ben üniversite mezunuyum, tam beş dil biliyorum.

Yazar tekrar koltuğuna oturan Gürbüze hayretle baktı:

— Sizin dediğiniz, kültür farkı olabilir. Ama kalite yani değer farkı olamaz. Ben nice insanlar tanıyorum, ilk okulun kapısından içeri bile girmemiş, ama on proföserden daha üstün değere sahip. Tabii ki, insanın inceliklerden habersiz proflardan bahsediyorum. Siz kendinizi biraz fazla abartmış, sizden başkasını da çok küçük görüyor olabilir misiniz?

Gürbüz şaşkın halde dinler Yazarı:

— Ama sen beni tanımıyorsun, kariyerimi, sıfatımı, kimliğimi bilmiyorsun. Ben gerçekten farklıyım.

Yazar gülerek devam eder:

— Siz diyorsunuz ki "Ben farklıyım" Siz olmayanlar da aynısını söylüyorsa ne olacak?

Gürbüz Sema'ya döner hiç umulmadık bir laf eder:

— Bak Sema, bunlar Hoca ya, beş dil bilmek ne demek onu bilmiyorlar. Benim beş dil bildiğimi duyanlar beni ayakta alkışlıyorlar.

Yazar bir kez daha anlamıştır paronoid tiplerle baş etmek zordur. Artık onunla muhatap olmaz.

Saatler geçtiği halde, Yazar Gürbüz'le pek konuşmaz. Gürbüz zekidir anlar. Bu tavrı ve bu durumu da hazmedemez.

— Siz benimle ilgilenmiyor musunuz. Bana tavır mı alıyorsunuz?

— Sizinle neden ilgileneyim? İlgilenmemi mi istiyorsunuz?

Başını sallar Gürbüz:

— Yoo, hayır. Bana öyle geldi de. Zaten ilginize de ihtiyacım yok.

Gürbüz tuhaftı, fakat Yazar bu tuhaflığın neden kaynaklandığını tahmin etmiş, zaman olmadığı için üstünde durmaz görüntüsü vermiştir.

* * *

Yazar annesine her gün telefon açar. Yine bir gün, günlük telefonunu açmak için telefonunu arar, ama bulamaz. Sema da arar. Her tarafı alt üst ederler telefonu bulamazlar. Sema telefonunu verir. Yazar da telefon açar annesine. Annesi kim olduğunu sorar:

— Benim anne ben.

Annesi yüksek sesle sorar:

— Sen kimsin?

Yazar'da yüksek sesle cevap verir:

— Ben kızın. Hollan'dadan arıyorum.

— Sen misin, söylediklerimi söyledin değil mi? Oranın başbakanıyla görüştün mü?

Yazar yine güler:

— Annee! Başbakanlarla görüşmek öyle kolay mı?

Annesi çok kızar bu söze:

— Ne varmış canım. Onlar da insan. Hani sen çok cesaretliydin? Baban ölünce cesaretin gitti mi? onlar da insan.

— İnsan ama, onlar her insanla görüşmezler.

— Sen bir randevu al bakalım. Ben sana niye izin verdim gözüm kör olsun, onlarla konuşmadan gel, bir daha sana izin vermem.

Biraz daha konuşup telefonu kapatırlar.

Sema merakla sorar:

— Anneniz sizden büyük şeyler istiyor galiba?

— Evet, ben Amerika'ya uymayın, diyecekmişim. Bir de onlar benden korkarlarmış.

Sema ile uzun süre gülüşürler.

Annelerin evlatlarını bazen yerin dibine batırmalarını, bazen de olağanüstü nasıl büyüttüklerini konuşurlar.

Havaalanına, onu Sema götürür. Yol boyu sohbet ederek giderler:

— Ne olur Sema, bir ay sonra geldiğimde o çocuğun bakışlarını düzelmiş görmek istiyorum. Kristel'i takip et, o intihar edebilir.

— Elimden geleni yapıyordum, şimdi gayretimi ikiye katlıyacağım, der ve vedalaşırlar.

* * *

Yazar Belçikaya geldiğinde, çalışmalarına yeniden devam eder. İlk iş olarak Yazar hanım, Nadire'nin anılarını dinlemeye başlar.

Brüksel'e giderlerken koyulaşır sohbetleri. Sohbet arasında yine telefon gelir Nadire'ye, ister istemez o da, işlerine döner. Hem de araba kullanırken, Nadire, işlerinin komutunu verir, sonra döner ilginç anılarını dillendirir:

— Bizim Belçikalı bir aile doktorumuz vardı. Müslüman Hıristiyan ayırmazdı. Adı Doktor Jomen'di.

Bu doktor amansız bir hastalığa yakalandı. Hastaneye yattı. Eşim, çocuklarım ve ben onu ziyarete gittik. Çok duygulandı... Hastaneden çıkınca da evine gittik. "Hiçbir Belçikalı hastalarım ziyaretime gelmedi." dedi. Benim iş kadını olduğumu da biliyordu. Seninle tanıdım Müslüman kadını" dedi. Batılılar, Müslüman kadının başarılı olduklarını gördükleri zaman çok taktir ediyorlar; kimi de şaşırıyor. Tuhaflaşıyorlar. Bir gün doktor Jomen'le dini konulara girdik. "Aslında Hrıstiyanlığa sonradan ilaveler yapılmasaydı, Kur'an'ı gönderenle İncil'i gönderenin aynı ilah olduğunu anlar, siz Müslüman olurdunuz," dedim. "Ama ben dinimden kopamam ki" diyecek zannıyla o söylemeden ona, "Müslüman olursanız, yine, Allah'ı seveceksiniz. İsa Aleyhisselamı yine seveceksiniz Hazreti Meryem'i yine seveceksiniz, kiliseye değil de camiye gidecek, ibadet şekillerinizi değiştireceksiniz fakat temel inancınız aynı kalacak," dedim. Beni dikkatlice dinledi. Uzun uzun anlattım. Saygıyla dinledi. Ama tek bir kelime etmeyince Allah inancı yok, diye düşündüm.

Bir gün Havva Hoca ile muayenehanesine gittik. Ertesi gün tekrar ameliyatı varmış, bize döndü:

— Benim yarın ameliyatım var, dedi.

Arkadaşım da, sor bakalım, ölümden korkuyor mu? dedi, ben de sordum:

— Niye korkayım ki, Allah ne zaman isterse o zaman öldürür dedi.

Daha önceki konuşmalarımızda, Allah'a iman ettiğiyle ilgili bir bilgim yoktu. Şaşkınlıkla sordum:

— Aaaa, siz Allah'a inanıyor muydunuz? dedim.

— Tabii. Ben Allah'a hem inanıyorum hem de onu çok seviyorum. Harika bir tabiat yaratmış. İnsan eli değince bozuldu tabiat ama Allah çok zevkli, yarattığı çiçeklerin modeline bu gözle baksanız doyamazsınız, dedi.

Bu durumda bana düşen vazife Doktor Jomen'i İslâm'a davet etmekti. Şaka ile karışık:

— Çok güzel, mademki Allah'ı seviyorsunuz, bir de Müslüman olun, Ahirette torpilli yaşayın, dedim.

Şaşkınlıkla baktı yüzüme:

— Nasıl Müslüman olunacak bilmiyorum ki, dedi.

Havva Hoca ile ikimiz şaşkınlıkla baktık birbirimize. İnanamadık. Ben de dedim ki, kelime-i şahadet getireceksiniz. Kelime-i Şahadet, "Ben Allah'tan başka ilah tanımam, ondan başkasının ilah olmadığına iman ediyorum, Hazreti Muhammed'in de insan, ama Allah'a kul insan ve de Peygamber olduğuna iman ediyorum," demektir, dedim.

— Ben onun nasıl okunacağını bilmiyorum, sen bir kağıda yaz bana ver, ameliyata giderken okuyarak gideyim bu ulu kelimeyle ameliyata girmek istiyorum, dedi.

Tabii biz de çok duygulandık.

Sonra ameliyat oldu. Yine ziyaretine gittik. Bize Kelime-i Şahadet getirerek ameliyat oldum, ameliyatım çok güzel geçti. Ona, Kelime-i Şahadet ameliyatın güzel geçmesi için değildir, Kelime-i Şahadet getirdiğin halde ölebilirdin de, demedik. Gerçi, inançlı olarak ameliyata girmenin ameliyattan sonrası için de çok faydalı olduğunu biliyorduk, fakat ölmeme sebebi Kelime-i Şahadet olamazdı. İnsanlar İslâm'a girerlerken, İslâm'ı nasıl duyarlarsa öyle gidiyor. O yüzden detay açıklama çok önemli. Evet kimine yıllarca vaaz veririz Müslümanken namaz kılmaz kimi de Doktor Jomen de bizim yarı şaka sözümüzle Müslüman olur, Allah iyi kullara imanı, o kul isterse veriyor. Ama alt yapısında, bize güveni ve saygısı vardı. Bir detayı unuttum. Biz hastaneye ailece ziyaretine gittiğimiz zaman, bize sordu, "Siz beni neden ziyaret ettiniz, bunu insanlığınız gereği mi yapıyorsunuz, yoksa dininizden mi kaynaklanıyor." dedi. Ben de" İkisi de," dedim.

İnsanlar şunu anlamıyorlar, zaten insanlık anlayışı dinden gelmedir. Ve o doktor daha sonra Müslüman olarak öldü. Allah rahmet eylesin. Allah iyilere zaten iman nasip ediyor. Onun iman edişini anlatsak, bazı insanlar asla inanmazlar. Tabiki hidayetin, iyi insanlara Allah 'ın gönderdigi nurdan bir ip olduğunu bilmezler. Hem de cennete çeken bir ip.

* * *

Nadire'nin görünüşünde sıradan insan havası var, biraz görüştükten sonrada sıra dışı olduğu hemen anlaşılıyordu. Fakat Yazar hâlâ onun nasıl yetiştirildiğini öğrenememişti. Birde önceden hiç istemediği birine aşık olmuş "Filmlerdeki gibi oldu" diyordu devamı gelmiyordu. Yazar onu da merak ediyordu. Çünkü Yazar çok iyi biliyordu ki romanın içinde bir aşk varsa gençler o romanı daha iyi okurlardı. Kendilerini bulmak istiyorlardı o romanda. O halde diyordu Yazar, "Ben de o aşkın etrafında verilecek mesajlarımı veririm gençler gönüllerini terbiye ederler de, önüne gelene aşık olma hastalığı olanlar daha ditkatli olur. Artık internetle yarışıyoruz gençliğin beynine giden yolu meşru yoldan bulmalıyız" diyordu.

Yine, Nadire'nin kullandığı arabaya binmişler, Yazara oturum almak için polise gidiyorlardı. Yol boyunca sohbet ediyorlardı. Yazar devamlı soruyordu:

— Nadire, sence Batılı kadın mı daha mutsuz, Müslüman kadın mı?

Nadire hemen cevap verir:

— Müslüman kadın. Ama hangi Müslüman. Kocası da kendiside Müslüman olursa.

Düşünüyordu Nadire. Tanıdıklarını gözden geçirip kıyaslıyordu:

— İkisinde de ağlayan var. Ama, hangisinde mutlu kadın fazla, bu konuya hemen cevap verdim, ama Müslüman kadın Müslümanca yaşamıyorsa, onun Müslümanlığını bu noktada ayırmanızın anlamı ne?

Çok doğru bir söz etmişti Nadire. Gerçekten, gerçek İslâm'ı yaşayan kaç Müslüman vardı ki, ama Nadire Müslüman'dı. Dört dörtlük olduğu yerler de vardı, dört ikilik denebileceği yerler vardı. Fakat yüreği tamamen İslâm için çarpıyor, Batılıların kendisini sevdikleri halde, nasıl olup da, bu Batılılar Müslüman düşmanı denildiğine akıl erdiremiyordu. Hayır! Nadire'ye göre Batı insanı İslâm düşmanı değildi. O halde, bir tuhaflık vardı bu tabloda.Ya gördüm diyenler yalan söylüyordu ya da tablo yalanı resmetmişti.

Çok geçmeden polisteydiler. Polisler Nadire'yi görünce ayağa kalkmış, bonjur madam, deyip halini hatırını sormuştu. Yazar polislerin Nadire'ye olan saygısını görünce şaşkına dönmüştü. Ne oluyordu böyle.? Batının içinde bir başka Batı daha mı vardı? Nadire tam tesettürlü bir Müslümandı, tavizkâr da değildi ki, müşrikler taviz veren Müslüman'ı severlerdi, o halde bunlar da müşrik oldukları için tavizkâr Müslümanı seviyorlar, deseydi Yazar. Yazar şaşkındı; peki Nadire'yi neden seviyorlardı o halde?

Evet evet, kadını erkeği Nadire'yi seviyordu. Dükkanına gelen Belçikalı kadınlar ona çok saygılı davranıyorlardı, yolda görenler selam veriyordu. Sadece Batılılar değildi onu sevenler, Nijeryalı zenciler, Maroklar, Araplar, hepsi vardı sevgi zincirine bağlanan. Fakat Yazar, Batılıların sevgi ve saygısı üzerine yoğunlaşmıştı. Batılıların bir türlü tanıyamadıkları bir başka İslâm alemi vardı, acaba Müslümanların da tanımadığı bir başka Batı mı vardı? Sorusunu tekrarlıyordu zihninde.

Polisten döndüklerinde kahvaltıya oturmuşlardı. Nadire'nin bir oğlu dört kızı vardı. Kızların ikisi ikizdi. Şeyma ve Şule, büyük kız Havva çok ağır başlı hanım biri, Hüseyin adında bir damadı vardı. Oğlu Ramazan nişanlıydı, kızı Fatmagül'de nişanlıydı. Anneleri hiç birşey söylemeden ev işlerini bölüşüyorlardı. Batı gibi yerde kızları ne kadar güzel yetiştirmişti, İslâmi yönden eksikler vardı fakat ahlaki yönden kızlar Yazarı şaşırtıyordu. Herkesin işine koşan Nadire hangi arada bu çocukları yetiştirmişti?

Nadire tam çayını eline almış içecekti ki kapıya gelen bir işçisi onu çağırmıştı. Nadire de" Hay Allah, geliyorum, söyleyin zile basıp durmasın kafam şişti diyordu. "Nadire gitmiş işçisiyle konuşmuş, tekrar sofraya oturmuştu çayını eline almıştı ki, telefon çalıyordu. Açıp konuşmuş, sonra kızı Fatmagül'e soruyordu:

Bu ne biçim çay kızım soğuk ya bu çay!

Fatmagül de sözünü taksite bırakmayan bir tiptir:

Hemen cevap verir:

— Tabi soğur anne, biz o çayı ne zaman koydukta... Sen bi içebilsen

Nadire çayını, yine ağzına götürüyordu ki bir telefon:

— Evet, sen bu gece kamyonu sen götür... Şimdi bana başkasını aratma.

Telefonu kapatır fakat, kapatır kapatmaz başka bir telefon daha gelmiştir:

Bonjur mösyö

— Vi mösyö... vi vi... saba mösyö saba.

Türkçe konuşan gidiyor, Fransızca konuşan geliyordu. Nadire çayını tekrar yudumlayacağı zaman çayın soğuduğunu görmüştü. Fakat bu kez içmeye mecbur hissetmişti kendisini. Yoksa, annesini çok seven Fatmagül onun burnundan girerdi. Fatmagül, yastığının üzerine annesinin başörtüsünü seriyor, annesinin kokusunu alıp öyle uyuyordu. O yüzden de annesinin aç kalmasına dayanamazdı. Çok şaşırmıştı Yazar.

Annesinin başörtüsüyle uyuyan bir evlat duymamıştı. Yoo, annesinin ya da babasının eşyalarını koynunda saklayan duymuştu, ama ölen anne- babasının eşyaları oluyordu, ölmemiş annenin kokusuyla bir evlat uyur muydu?

Zordu Fatmagül'ün işi, evlenince annesinin kokusuyla

uyuması olmazdı, artık kokular mecburen yer değiştirecekti.

Tekrar Nadire'ye geçti Yazar. Kırkına girerken ikiz doğurmuştu. Üstelik kayın validesi devamlı olarak, Allah sana çocuk yüzü göstermesin, demişti. Ama Allah ona ikiz vermişti.

Allah Allah böyle yetenekli gelinden gurur duyacağı yerde, kayın valide hasetlik mi duyuyordu acaba? Neden düşmandı gelinine? Yazar Nadire'nin hayatını yazacaktı yazmasına da, Nadire çok yönlü labirent gibiydi, Nadire'nin hayatına girerse nasıl çıkacağını da düşünmüyor değildi.

Nihayet kahvaltısını yapmıştı.

Çok yorucu bir hayatı vardı Nadire'nin. Hayatının hepsini birden göremiyordu, ama her gördüğünde Nadire'yi ya kendi işini ya da başka birilerinin işini yaparken görüyordu. Şimdi bir de kendi eklenmişti.

Hacı abisini anlatıyordu sık sık.

Hacı ağabeyi kanser olmuş. Onu Almanyalara doktora götürmüş. Hacı abiyi Nadire'nin hayatında çok büyük etken olmuş. Hacı ağabeyine, çocukları bakmamış. Hacı Ağabeyi, "Biz o kervanı kaçırdık evlatlarımıza din adına çok baskı yaptık. Yanlış yaptık, artık ben geçmişi geri getiremem, ben çocuklarımı kaybettim, sen kaybetme" demişti.

Nadire bu vasiyeti nasıl alıyordu acaba?

Yoksa, bu defa Nadire çocuklarına hiç mi İslâm'dan söz etmeyecekti?

Yazar nice dindarlar görmüştü, çocuklarına İslâm'ı anlatmıyordu. Güzel güzel anlatmakla, baskıcı olmayı karıştırmışlardı birbirlerine. Acaba Nadire de onlardan biri olabilir miydi? Baskı yapmıyayım diye evlatl'arına dinini öğretmeyecek miydi? Yoksa öğretmiş miydi?

İçinde alevler yanıyor olduğu halde, acısını anlatıyordu Nadire:

— Hacı ağabeyim bize hocalık yapardı, ama çocukları onun cenazesine bile gitmediler. Oğullarından biriyle konuşurken, babasını övmüştüm ona. Oğlu, "Keşke anlattığınız iyi insanı ben de görseydim. Ben, babamı sadece beni döverken hatırlıyorum..." dedi.

Bir kere gülen yüzle bir şey anlattığını görmedim, dedi. Bazı hocalar dışarıya kibar, evinde kaba olunca, çocuklarını kaybediyorlar. Allah esirgesin, hocam, ama neden böyle oluyor anlamıyorum.

Yazar anlamıştı sebebi. Bazı hocalar kendileri cenneti cehennemi yakînen idrak ettikleri için, çocukları da hemen idrak etsin istiyorlar. Fakat niyeti iyi olmasına rağmen tavırları kötü oluyordu.

Her şey iyi güzeldi. Nadire hastaya karşı çok duyarlıydı. Acaba onu herkese sevdiren özelliği bu muydu? Yoo, bu olamazdı! Peki ne olabilirdi? Yazar da henüz bilmiyordu.

İtalyan komşusu gelmiş, onunla sevgi dolu gülüşlerle konuşuyordu. Komşuları bahçelerinden bir tabak erik yollamıştı. Yazar şaşırıyordu, Batılılarda böyle hediyeleşmek var mıydı? Yıllardır, Batı bizi yanlış anlıyor, diye şikayet ederdi, yoksa o da Batıyı yanlış mı tanıyordu sorusu gelmişti aklına.

Yazar araştırmalarına devam ederken, bazı Türkiyeli Müslümanların ilk defa Belçika'ya geldiklerinde neler çektiklerini de dinliyordu. Günler sonra Kezban'ı dinlemişti.

Ne acı çekmişti Kezban ve ailesi. On üç kişi bir evde kalıyorlarmış. Çok fazla işçi gelince ev bulamamışlar, çaresiz aynı eve dolmuşlardı. On bir erkek ikisi kadın ve bunların da bazıları yabancıydı. Kezban çok acılar çekmişti. Kocasıyla aylarca konuşamadıklarından başka farklı durumları da vardı. Tuvalete su dayanmıyordu, yemek yapsa biri, bir sürü insan o kokuyu duyuyordu o yüzden yemek de yapamıyorlardı. Zaten su da bulamıyorlardı. Taa uzaklarda su vardı, büyük büyük kapları da yoktu. Bir defa olsun çok su getirselerdi de rahat etselerdi. İçlerinde iki ay yıkanmayanlar vardı, çünkü burası baraka evdi ve içinde su yoktu. Kadınlarla erkekler arasını bir kilim ayırıyordu. Balığın dizilişi gibi otuz metre karelik yere erkekler, beş altı metrekarelik yere de kadınlar dizilmişlerdi.

Kezban, gözyaşları içinde kocasına rastladığı bir gün, başını onun omzuna koymuş ağlayarak sormuştu, "Biz niye geldik buralara? Niye geldik Tahsin'im? Bizin ülkemizde çıkacak kömür yok muydu? Hani biz burada çalışıp rahata huzura kavuşacaktık". Tahsin de ağlıyordu, "Ne yapayım perçemli yarim, perçem saçlarına hasret yaşıyorum, elimde bir imkan olsa bu hasreti çeker miyim iki gözüm?"

diyordu eşine. Tatlı diliyle izahından dolayı, Kezban, "Senin bu candanlığına karşılık ateş olsa yanarım" diyordu. Fakat çok acılar bükmüştü Kezban'ın belini. Şimdi yaşlanmıştı, Tahsin de ölmüştü. Belçika'da ve Türkiye'de birer daire almışlar, zor kanat emekli parası ile geçiniyordu. "Bir ömür can verdik karşılığında zorla mal aldık. Çoğumuz evladını kaybetti, kimi kendini.." diye anlatmıştı maziyi.

Emine Hanım da Kezban gibi acı duyanlardan biriydi.

Emine daha konuşmaya başlamadan ağlamaya başlamıştı bile. İmam kızı olan Emine unutamadığı anısıyla girer maziye:

"Avrupa'ya geldik Hocam trenden indik. Belçikalılar içinden bizi karşılamaya gelenler vardı. Bize hayret hayret bakıyorlardı. Ben kömür ocağına aşçı olarak alınmıştım. Şefimiz vardı Madam Cesika. Bana bir şeyler söylüyor tabi ben anlamıyordum. Ben namaz kılarken karşıma geçip beni izliyordu. Birkaç gün devam etti bu durum. Belçikalıydı Cesika. Aylar sonra bir tercüman bulmuştu. O zaman Fransızca bilen Türk bulmak o kadar zor ki. Tercüman geldi. Cesikan'ın ilk sorusu:

— Sen yerlere kadar yatıp tanrıyla mı konuşuyorsun?

Sorusuna çok şaşırmıştım:

— Evet, dedim.

Gözlerime öyle anlamlı anlamlı bakıyordu ki, o bakışı izah etmek çok zor. Sonra ikinci sorusunu sordu:

— Ne konuşuyorsun onunla?

Allah Allah, dedim. Acaba Batılılar, mecaz mana nedir? Bilmiyorlar mı? Galiba bilmiyorlar. Yine de daha detaylı açıklamaya çalıştım Cesika'ya.

— Allah'ım, çocuğuma kavuştur. Annemi babamı çok özledim. Onlarla bizi kavuştur, Allah'ım! Beni bırakma, bu gurbet ellerinde rezil etme diyorum.

— O ne dedi? Sana cevap veriyor mu?

Daha çok şaşırmıştım. Ömrüm boyu bir Avrupalı'ya bunları anlatacağım, hayal bile edemezdim. Bildiğim kadarıyla cevap verdim.

— Cevabını yüreğimize veriyor Madam. Cesika anlayamadı.

— Nasıl yani?

— İbadet etmek yüreğimizi rahatlatıyor. Bu da beni duydu anlamına geliyor. O zaten, siyah taşın üzerinde, simsiyah karıncayı, kapkara gecede görür ve o karıncanın ayak sesini bile duyar.

Beni çok dikkatli dinledi Tuhaftı Cesika'nın soruları:

— Sizin tanrı size benziyor mu? Bizim ki, bize benziyor, ama erkek. Aslında ben tam olarak inanmıyorum. Sizinki de erkek mi?

Bir anda çarpılacağım sandım:

— Hâşâ. Hâşâ Madam Cesika. Allah'ım affet. Allah bizim hayal edebileceğimiz hiç bir şeye benzemez. "Beni neye benzetirseniz ben o değilim" diyor. Allah, şu anki zihnimizin algılayamayacağı bir varlıktır, o varlığını bize gerek eserleri gerekse manevi yönden hissettirir. Tabiattaki akıl almaz harikalar onun eseridir. Kendi kendine bir göz resmi yapılamazsa, o gözün canlısı kendi kendine takılır mı?

Lacivert pantolon, üzerine lacivert tişört giyen Cesika, karşımda sandalyede oturdu. Ben de Said-i Nursi'nin Lemalar'ı okuyan biriydim. Soruların ardı arkası kesilmiyordu:

Birden bire hiç ummadığım bir soru sordu:

— O halde onu yaratan kim?

En zor anlaşılan soruyu sormuştu sonunda. Zaten kainatta, bu sorudan daha zor anlattılan bir soru cevap yoktu. Cevap verdim:

— İlla biri mi yaratmalı?

— Evet.

— O zaman onu yaratan Allah olmaz mı?

Onu kim yarattı? Diyelim biri yarattı, ee o birini kim yarattı. Git git bir ilk yaratan yine var. İşte o Allah'tır ve yaratılmadı. O hep vardı. Nasıl vardı? Biz sonlu varlığız, sonlu varlık sistemiyle, sonsuz varlık sistemi çözülemez, idrak edilemez.

Yani ne kadar gidersek gidelim tıpkı inkarcı felsefecilerin de kabul ettiği son noktaya evvelsiz oluşuna geliyoruz. Yine aynı şeyi söyliyeceğim. Sonsuz olan bir varlığı, sonlu yani sonu olan varlık anlayamaz, algılayamaz. Allah zatıyla ilgili bilğileri sır demiş, kapatmış.

Tercüman bir erkekti. Ve o da ilgi duyuyordu sorulara. Cesika sorusuna devam etti:

— Ben Müslüman kadın olarak ilk defa seninle konuştum. Senden bir sıcaklık aktı bana. Yoksa büyü mü yaptın?

Güldük:

— Hayır. Ruhlarımız anlaştı. İyi insansınız. Ön yargıyla bakmayınca beni sevdiniz. Ben de iyi insanım her halde sizi sevdim.

— Ama ben ön yargılıydım. Bir Müslümanla nasıl konuşacağımı düşündün günlerce. Ama seni ilk gördüğümde Meryem anaya benzettim. Sen hep ibadet yapıyorsun. Tanrınız sadece senden mi ibadet istiyor? Öteki Müslümanlardan ibadet istemiyor mu? Onları, senin yaptığını yaparken görmüyoruz. Tanrınız, ya da onlar tanrınıza kızgın mı?

Allah'ım! Ne biçim sorular bunlar diyerek cevap verdim:

— Hayıır hayıır! Öyle şey olmaz!

— O halde onlar neden senin gibi değil? Neden ibadet etmiyorlar?

Şaşırmış ve utanmıştım. Cesika'ya nasıl deseydim, "Onlar Allah'ın hatırını saymayan insanlardır." diye.

— Her insan Allah'tan korkmuyor. Sorsan onlara, herkes korkuyor. Ne bileyim, onlar öyleler.

Cesika ilginç bir söz söyledi:

— Olsun, zararı yok. Ben bir Avrupalı olarak Müslüman gördüm ya, bir kişi de olsa bana yeter. Kocan da Müslüman mı?

— Tabii.

— Ben İslâm'da kadını da erkeği de merak ediyorum. Bundan sonra kocanı Müslüman diye inceleyeceğim. Baba annemden Müslümanları dinledim. Çanakkale'de, babaannemin babası askermiş. Bizimkiler onları öldürmeye geldiği halde, bir kadın büyük büyük babama ekmek vermiş. Bir düşman askerine ekmek vermek çok büyük insan olmayı gerektiriyor. Babaannem bu olayı anlattığında ben çocuktum, o günden beri hep Müslüman kadını merak etmişimdir. O yüzden size ilgi duyuyorum. Yani ben çok meraklıyım. İslâm ilgimi çekiyor.

— Peki bizden önce Müslüman gördünüz mü?

— Üniversitede bir Pakistanlı öğrenci vardı. Hayır bir değil üç. Üçünün Adı da Abduraman'dı.

— Yanlış söylüyorsunuz ismini, Abdurrahman olacak.

— Evet, ondan. İşte onlardan biri, bir gün bana "Yer yüzüne gelmişken, İslâm'ı araştırmadan bu dünyadan gitmeseniz çok iyi olur"dedi. O söz şuramda duruyor. Düşmanına bile ekmek verdireni merak ettim. Seni farketmem İyi oldu. Senden İslâm'da kadını, öğrenirim, kocandan da İslâm'da erkeği öğrenirim. Sorularım olursa gelebilir miyim?

— Tabiii. Ben de bir şey söyleye bilir miyim?

Ayaktaydı. Bana döndü:

— Tabii. Seni dinliyorum.

— Size tavsiyem, siz önce Allah'ı tanıyın sonra İslâm'ı. Allah hakkında tam bilgi ve imana sahip olmadan İslâm'ı öğrenmeye geçmeyin.

Çok nazik olan Cesika gülerek bana baktı:

— Teşekkür ediyorum Madam Emine. Bu günlük bu kadar yeter, seni yormıyayım.

Tercüman Cesika'yla giderken sordu:

— Abla, ben yeni evliydim, karımı bırakıp geldim. Altı aydır ayrıyız. Bizim nikahımız bozulur mu?

— Gönüllü geldiniz ve onun masrafını gönderiyorsanız bozulmaz.

Çok temiz kalpliydi Cesika. Ve Müslüman olurdu Cesika.

Birkaç gün sonra kocamla beraber maden ocağına gidiyorduk. Benim adam çok kaba biriydi, sanki İslâm'da erkek değil de, Afrika dağlarında bir ayı azmanı gibi bir şeydi. El demez, yaban demez, bu ellerin memleketinde biz den İslâm'ı öğrenecekler, dikkat edeyim, İslâm'ı benimle kötü zannediyorlar, aman dikkat edeyim, demez, bağırır cağırır. O gün de vuracağı tuttu. Ana caddede, sabah saat yedi mi sekiz mi ne. Adam bana bir tokat indirdi. Issızdı, şehrin dışına çıkmak üzereydik, ama yine de çok utandım. Ağzımdan oluk gibi kan aktı. Kafamı çevirdim ki, birde ne göreyim, Cesika arabasıyla durmuş bize bakıyor. Öyle utandım ki, bu defa dinime karşı çok utandım. Kendimi kaybetmişim. Gözlerimden yaşlar süzülmeye başladı. Cesika'ya döndüm:

— Ne olur, benim eşimi İslâm'da erkek zannetme, o, İslâm'da hayvan bile olamaz. İslâm'da hayvan masumdur. dedim.

Cesika çok üzüldü, Mavi gözlüydü. Gözlerini bana bir dikti görmeyin:

— Üzülme Madam Emine. Şimdi tanıdım İslâm'da erkek nasıl oluyor! Seni hastaneye götüreyim mi?

— Hayır, dedim. Artık çat pat fransızca öğrenmiştim.

Sonra bastı gaza gitti.

Nasıl anladımsa, onun "ben İslâm da erkeği tanıdım" dediğini anladım.

Ülkemizden gelmişken, bari onların dinini biz öğrenseydik, onlar da bizim dinimizi öğrenseydi. Olmadı. Ne kendimize faydamız oldu, ne de onlara.

Emine Hanımın anlattıkları Yazarı da üzmüştü. Batılı biri İslâm'da kadını da erkeği de merak etmişti, ama göremiyordu.

Yazar düşünüyordu, Avrupa'ya gelen işçilerin yüzde doksanı çok acemi oldukları halde gelmişlerdi Batıya. Neydi o günler, kundaktaki bebelerini bırakıp gelmişlerdi Avrupa'ya. Kendi ülkeleri sanki çok kalkınmışta, sıra Batıya gelmiş gibi, akın etmişti koca millet Batıya.

Kimdi sorumlusu? Bizim, 1920'lerde, Almanya'dan altı defa daha paramız değerli iken, ne olmuştu da, 1950'lerde biz Batıya muhtaç olmuştuk? Birinci dünya savaşında Avrupa bizden fakirdi üstelik. İçi acıyordu Yazarın, bu konulara ve suçlara değinmek istemiyordu. Daha çok öğrendikçe, masum bakışı daha çok bozuluyordu. Fakat Batının Romanı için mecburen başka zaman araştıracaktı.

* * *

Yazar, arkadaşı Zekiye ile Belçikalılara Müslüman kadını önceleri nasıl tasavvur ederdiniz, sorusunu soracaklardı. Fakat bunlar için, mutlaka yetmiş ile seksen yaş arasındaki kadın erkek kime rastlarsa ona soracaklardı, Yazar da merakını giderecekti.

Zekiye yirmi sekiz yaşındaydı, doktorasını yapıyordu. Bir arkadaş vardı yaşlılar bakım evinde, ancak orada o kadar yaşlı bulabilirlerdi. Arkadaşı Zeynep müsaade almıştı. Ertesi günü gideceklerdi. Orda otuzdan fazla yaşlı vardı.

Ertesi gün, birer tane gül yaptırıp gitmişlerdi bakım evine. Büyükçe bir oturma salonu vardı. Üç katlı bir binaydı. Önce salondaki bir erkeğe sormuşlardı, "Siz Müslüman kadını ve ya erkeği gençliğinizde nasıl hayal ederdiniz, onları tanıyınca nasıl buldunuz?"diye. Kadın erkek herkese bu soru sorulmuştu.

Bir yaşlı adam, "Ben kadınlarını kül kedisi gibi, erkeklerini barbar ve kurt gibi hayal ederdim. Kadınların bir kısmı yine öyle sanırım, ama erkeklerin kurt olmadığını askerde gördüm."

Bir yaşlı kadın, "Müslüman kadınları hemşire Terasaya benzetirdim. Bir yıl güzellik yarışmasında annem jüriydi, yarışma salonuna ben de gittim. Orda Müslüman kızı mayo ile görünce hemşire Terasa olmadığını anladım. Erkekleri saldırgan yani barbar biliyordum, yargım hâlâ değişmedi."

Bir İtalyan, kadın:

"Ben erkeklerini jön gibi bilirdim. Hâlâ öyle yargım. Kadınlarını dilsiz hayal etmişimdir." Ama öyle değillermiş, Bir dindar kadının Türkiye'de Cumhurbaşkanına hakaretten hapis cezası aldığını okudum gazetede çok şaşırdım.

Yine bir Belçikalı kadındı cevap veren: "Ben osmanlı kadınlarını kraliçe gibi güzel hayal ederdim. Zaten çok güzellermiş. İlk defa Müslüman kadını 1955'te gördüm. Bizim köylülerimize benziyordu. Hayal kırıklığına uğradım. Erkekleri çok yakışıklı. Yedinci kocam da, sekizinci kocam da Türk'tü. Onları çok sevdim."

Yazar mırıldanmıştı: "Tabii seversin, kimbilir karısını ne yalanlarla bırakıp sana yaranmak için kim bilir ne diller döktülerde geldiler sana."

Bir felçli Alman erkek" Müslüman kadın ilk kez bir dergide gördüm. Şaşırdım. Bir kral karısıymış mı neymiş. Osmanlı kadının peçeli sanıyordum. Abdülhamid'in mi neydi birinin hanımıyla gördüm. Hala o gözler aklımdadır. Fakat Müslüman erkek sanıyorum kaba. Dövmeyi Donkişotluk yapmayı seviyor.

Bir Belçikalı erkek: "Müslüman kadının bir cazibesi yok sanırdım. Yanıldığımı, 1961'de İstanbul'a gidince anladım. Erkeğini sevmedim."

Belçikalı bir hanım: "Ben Müslüman kadını hep kafes içinde düşünmüşümdüm. Bir roman okudum. Galiba o romandan etkilendim. Şimdi benim doktorum bir Müslüman kadın. Nerden nereye. Erkekleri kaba diyorlar, ama bana karşı hep centilmendiler. Yalan söylersem İsa görür".

Uzun boylu, alabildiğine yeşil gözlü kadın şaşırtmıştı herkesi: "Ben Müslümanların, kadınını da erkeğini de domuz gibi görürüm, hatta domuz onların yanında daha sevimlidir."

Zekiye, Yazarın Müslüman olduğunu söyler. O zaman, kadının mahcup olacağını sanır. Kadın,"Biliyorum, neden söyleme gereği duydunuz ki?" deyince, hemen başka bir kadına geçmişlerdi: "Benim kiracılarım Türk Müslümanlar, kadını da erkeği de çok beğeniyorum. Gençliğimde, kadınları kafes içinde yaralı kaplana benzetirdim. Erkekleri de uzun boylu çok yakışıklı, bıyıklı İtalyan erkekleri gibi düşünürdüm.

Ben küçükken anneme Türk erkekle evleneceğim, dermişim. Annem koyu Katolikti. 'O zaman seni öldürürüm.' demiş bana. Öyle korktum ki. Sonra, yirmi yıl önce, bir Türkle beş yıl yaşadım. Annem mezardaydı duymazdı. Türk hayranlığı, Barbarosun hayatını okumuştu babam. Herhalde ordan etkilendim. Aksi halde benim Türk ismini duymam o yaşta mümkün değildi."

Yazar, otuz kişinin fikrini almıştı. Tepkileri görüş ve hayalleri, tanımları normaldi. Müslüman yaşlılarda böyle bir araştırma Hıristiyanlık adına yapılsaydı, her halde aşağı yukarı aynı oranda olumlu ve olumsuz konuşanlar çıkardı. Olumlu konuşanlarla olumsuzlar zaten her yerde hemen hemen aynıydı ve bugünkü şartlanmalarla normaldi bunlar.

* * *

Yazar Belçika'yı gezmek istedi. Daha önce çok defa gelmişti fakat, hiçbir yer gezememişti.

Bu defa Nadire gezdiriyordur onu.

Brüksel'i gezdiğinde Yazar şoke olmuştu. Sanki İstanbul Mahmut paşa buraya taşınmış, yanına Kahire çarşısını da almıştı. Caddeleri yer yer çöp doludur. Bu açından İstanbul'un eski haline, parayı cebe indirdigi için işçilerine para vermeyen CHP belediye başkanı dönemindeki haline benziyordu. Fakat Gent tıpkı İstanbul'un yeni hali gibi temizdi. Yazar, Avrupa'yı gezdikçe, ülkesine bayılıyordu. Ne kadar güzel bir ülkeydi Türkiye ve bu güzelliği, Avrupa'yı görmeden önce görememişti.

Nadire, yol boyu anılarını anlatırdı hep.Yine bir anısını anlatıyordu:

— Ben feci şekilde hastalandım. Bir Belçikalı hemşire vardı, Madam Tasula. Bana iğne yapmaya gelirdi. Çok bunalımdaydı. Bir gün bana iğne yaptıktan sonra yatağımın yanına çöktü:

— Madam Nadire. Bana Allah'ı anlat, gerçekten var mı? Varsa onu bulmalıyım. Son çırpınışlarımı yaşıyorum. Bu dünyaya neden geldiğimi anlayamıyorum. Diyorum ki ben hiç olmasaydım? Çok mutsuzum. Beni aydınlatır mısın? Hastaydım. Konuşmaya halim yoktu. Feci şekilde pelisilin iğnesinden zehirlenmiştim. Yavaşça oturdum yatağıma:

— Dinle Tasula. Hepimizin kendimize has özelliğimiz vardır... Bize aitlerimiz vardır... Ama bize aitlerimiz olmasına rağmen, biz kendimizin değiliz. Bizi yaratması, Allah'ın Allahlığına ait birşey. Biz, bizim değiliz, yani kendi üzerimizde söz hakkına sahip değiliz. Seni yaratırken sana soramazdı, zaten sen yoktun. Burada Allah'a ait çok özel, çok derin, çok muamma, konular var. Biz, bize düşen görevimizle ilgilenelim. "Bizi neden yarattı?" demekle hiçbir şey elde edemiyoruz. Sonuçta, her hakkımız ona ait. Düşünsene, tırnağımızı bile biz yaratmadık. Önemli olan onu tanımamız. Ona kul olmamızdır. Nasıl olsa, bu hayatımız bitecek. Ve biz sonsuz bir aleme gideceğiz. Biz ölüp gidenlerin gidişini idrak edemiyoruz.

Ağlıyordu Tasula:

— Ama ben mutlu değilim. Beni tanrı mutlu etmedi. Eğer varsa o yaptı. Bana kötü bir koca verdi.

— Yanılıyorsun, Allah verseydi o koca kötü olmazdı. İnsanlar eşlerini iki şekilde bulur. Ya, Allah diler, sonra da Allah yazar onları birbirine, ya insan diler, Allah yazar onları birbirine, evlenirler.

Bakışlarında şaşkınlık ve bir korku vardı. Hep aynı şeyleri anlatıyordu:

— Kocam çok şiddet uyguluyor. Artık dayanamıyorum. Bir yandan da öldükten sonrası kafamı karıştırıyor. Zorla yaşıyorum bu dünyada. İntiharı düşünüyorum. Fakat sekiz yaşında bir oğlum var. Ona acı vermek istemiyorum. Bazen de sadece kendimi düşünüyorum, öteki dünya varsa ne yaparım? diye. Bazen boş veriyorum, ama boş versem de orası varsa yine var. Benim boş vermemle yok olmuyor.

Bu kadın benden Fransızca Kur'an istedi verdim. Kocası, "Sen İslâm'ı araştıramazsın." diye feci şekilde baskı yapmış.

Aradan biraz zaman geçti. Ben ayağa kalktım. Bize muhasebeci lazımdı. Gittim evlerine kocası muhasebeciydi. Zillerini çaldım karşı komşusu açtı kapıyı. "Madam Tasula intihar etti. Kocası da buraları terk etti." dedi. O anki acımı anlatamam. Ona öyle üzüldüm öyle üzüldüm ki, aradan yıllar geçtiği halde, üzüntüm hala geçmedi.

Yazar da çok üzülmüştü. Yüreğinin derinliğinde ince, kılıç gibi kesen bir acı hissiyle:

— Ben de çok üzüldüm. Peki buranın gazeteleri, televizyonları bu haberi vermedi mi?

— Verseydi duyardım.

"Evet, duyulurdu."diye mırıldandı Yazar.

Brüksel'i bayağı gezmiş, ilahi dinleye dinleye Şarlova'ya geri dönüyorlardı.

Nadire'nin ilginç sözleri vardı:

— Hocam, komşunun hiç işi yoğumuş, ineği kulaksız kuzu doğurmuş. Şimdi bu roman nerden çıktı?

Yemyeşil ağaçların ortasındaki otobandan giderken, ilahi bandı dinlemek bambaşka zevk veriyordu insana. O yüzden Yazar da zevkle dinleniyordu. Bir de İlkbahar havası olunca sohbet daha güzel oluyordu.

Yazar cevap verir:

— Senin hayatında bana ilginç gelen yönler var. Sen on altı yaşında çok şeyler başarmışsın, yirminde işçi çalıştırmışsın. Küçük yaştan beri namazını kılarmışsın, ailen istemediği halde kocanı zorla almışsın, Batılıların seni sevdiğini de hayretle gördüm. Üstelik ilk okul mezunusun. Senin yetişme tarzını mutlaka öğrenip okuyucuma seni örnek göstermeliyim. Ben romanı sanat için yazmam, insanlık için yazarım. İnsanlığa faydam olsun diye yazarım. Gayem edebiyat olsa, sanat için yazacak olsam, Allah'ın izniyle onu da başarırım. Fakat şimdilik sanat için yazmayı düşünmüyorum. Seni ben okuyucuma taşımasam yazık ederim. Hadi bakalım, gidene kadar olaylardan anlatabildiğin kadar anlat.

— Ne anlatayım?

— Sana en ilginç gelenlerden yine.

— Avukatı anlatayım. Senin avukatın var ya, ona gittim bir gün. Namazım geçiyordu. Bana bir yer verir misin Monsieur dedim. Balkon gibi bir yer gösterdi. Ben de gittim, namazımı kıldım. Geldim. Adam tuhaf bir şekilde sordu: "Madam sen ne yapıyordun, benim içime senin yaptığın iş öyle huzur verdi ki anlatamam. Ben burdan sana baktım hep."dedi. Bende, "İbadet yaptım. Biz günde beş defa namaz kılarız. Allah ile buluşmak gibi bir şey" dedim.

— Bu nasıl bir şey ki, sen yaptın ama ben huzur buldum. Her zaman mı yaparsınız bu ibadeti?

— Evet. Ölene kadar. Sadece kadınlar her ay biraz ara verirler.

— Başka ne yaparsınız?

— Her yıl oruç tutarız. Zekat veririz. İslâm, zekatını vermeyene, namazını kılmayana Müslüman demez, mü'min der. Müslüman; inancını yaşayan, Allah'a teslim olan demektir.

— Zekat dediğiniz ne?

— Paramızdan, malımızdan belirli bir miktarı fakirlere veririz

— Kilise aidatı gibi mi?

— Hayır. Özel yardımlar farklı zekat farklı.

— Çok enteresan. Hazır paranızdan veriyorsunuz öyle mi?

— Evet. Kırkta birini mutlaka düzenli olarak veririz.

— Bir daha geri istemiyorsunuz öyle mi?

— Tabi istemiyoruz. Zekatı fakire vermekle, Allah'a vermiş oluyoruz.

— İslâm bana çok ilginç geldi. Ben İslâm'ı araştıracağım. Bana yardım eder misiniz? Mesela Fransızca Kur'an var mı?

— Var tabii. Ben size getiririm.

İşte bu olay beni çok şaşırtmıştı Hocam. Yeni oldu daha. Hâlâ Kur'anı veremedim ona. Çok isterdim Fransızca olan bir roman hediye edeyim. Belki vardır fakat ben bilmiyorum. Allah kibirli olmayan iyi insanlara hidayet kapısını açıyor be hocam. Kibirli olanlar da, Hacca bile gitse hidayetsiz gidebiliyor. Başka ne anlatayım?

Yolboyu giderken, Yazar sorularına devam ediyordu:

— Nadire! Sence bu insanlık düzelir mi?

— Hocam, herkes sizin gibi çalışırsa Allah'ın izniyle tabii ki düzelir.

Yazar, gülümseyerek cevap verir:

— Ya da senin gibi...

Henüz yoldaydılar. Güneş tepeye veda ediyordu. Yazar sordu:

— Nadire sen hiç aşık oldun mu?

Nadire cevap vermiyordu. Anlaşılan uzaklardaydı. Bir müddet dalar sonra kendine gelir:

— Olmaz mıyım hocam. Yandım yandım kül oldum. Öyle bir aşktı ki, Leyla ile Mecnunlar yanımızda gölge kaldı. Hele annem, "ölsem bile ben seni oraya vermiyeceğim." dedikçe, yaşadığım acıları size anlatamam. Nefes alamıyor, uykuya dalamıyor, ölsem ölemiyordum.Yandım be hocam.

— Bunları dinleyeceğiz tabii. Romanın ikinci bölümüne tamamen senin anılarını almak istiyorum da, sen kadın sığınma evinden çok kadın çıkarmışsın, birini anlatır mısın?

— Ya hocam, bu nasıl roman oluyor anlamadım. Değişik konulara giriyorsun, bu roman mı olacak?

— Evet. Durum romanı varya, ben de tespit romanı gibi bir şey yapıyorum. Sen şu kadın sığınma evini anlat bakalım. Müslüman kadın Avrupa'dayı okuyanlar, çok zor durumda kalırsa örnek alsınlar, ama kendilerini kadın sığınma evine atmasınlar? Gerçi, insan zorda kalınca denize bile atıyor kendisini. Fakat önemli olan oraya gitmeden akıllıca bir çözüm bulmaktadır.

Nadire hak veriyordu:

— Haklısınız Hocam. Oraya gitmeden önce, gidecek kişi, bin kere düşünecek. Ben size Funda'yı anlatayım.

Bu arada Nadire yanlış yola girmeden, gelen telefonları geri çevirmeden ve bir kez bile ceza almadan Yazarı gezdiriyordu.

— Funda Türkiye'de güzel bir kızdı. Burdan Selim isimli bir gence Funda'yı istediler. Genç her haltı yerdi affedersiniz. Kızı aldı. Kızın ailesi araştırma yapmayınca, "Annesi babası dindar, o halde oğulları da dindardır," diye saçma sapan görüşlerle yaktılar kızı. Evlendikten sonra bu genç karısını çok sevdi. Hatta, hanımın babası öldü, karısı Türkiye'ye gitti, Selim'i durdur durdurabilirsen. Yere göğe sığmadı Selim. Ya oralarda üşütürse ya hastalanırsa? Öff

Funda'sız zaman geçmiyor ne yapsam?" diye dönüyordu ortalarda. Beş yıl mutlu yaşadılar. Beş yıl sonra hayatında değişim olur. Funda evlilik hayatına karşı bir soğukluk yaşar ve eşine, serbest olduğunu istediği gibi yaşayabileceğini söyler. Selim de bu sözü fırsat bilir, laikliğin erkeğe sunduğu en cömertce olanı, istediği saatte kadın bulmasıydı ve Selim de bulur bir kadın ve Funda'dan o gidiş kopar. Bir daha Funda'ya tam olarak dönmedi, bir de şiddete baş vurdu. Funda sık sık dayak yerdi, üç çocukları olmuştu. Selim'in hayatında başka biri olunca, Funda'nın her eksiğini görmeye başladı. Funda'da bazı hatalar vardı şüphesiz, ama namuslu erkek, karısı suçlu olsa bile namussuz olmamalıydı.• Selim oldu. Aradan aylar geçti. Bir baktım bir gün, Funda'nın kayın validesi beni arıyor. Sesinde telaş var. Sabahın beşi sordum:

— Hayırdır Ayten abla?

Kadın üzgün değil, sanki başlarına dünya yıkılmıştı. Ağlayarak sordu:

— Nadire, çocuklarla gelin kayıp. Allah rızası için bize gel, dedi kalktım gittim. Karı koca ağlıyorlar. Hem gelin hem torunlar yok.

Ben kalktım sığınma bürosuna gittim. Dedim Funda şu şu sizde mi? Beni tanıyorlardı, "Bunları söylememiz yasak, ama senin hatırın için söylüyorum, sakın kimseye söyleme." dediler.

Funda, kadın sığınma evinde fakat asla adresi veremem. Sakın telaş etmeyin diye söyledim aileye. Aradan bir ay geçti. Zehir zemberek bir haber geldi. Haftaya mahkeme varmış. Devlet çocuklara el koyacakmış. Çocukların isimleri değişecekmiş. Ne çabuk da mahkeme gün vermiş. Bizim bazı mahkemelerimiz uzun süre beklerken... Tabi alev sardı aileyi. İnsan, kendi başına gelen musibete göğüs gerer de, evladının başına gelirse katlanamaz. Mahkemeyi duyan aile, ağlar ha ağlar. Nadire ne olur bul evlatlarımızı diye kıvranıyorlar. Kaynata hüngür hüngür ağlıyor... Kayın valide ağlıyor. Ömer ağbi, hastalandı. Ben gece gündüz Funda'yı bulmaya çalışıyorum. Nihayeti kadın sığınma evinde çalışan birini buldum. Funda'ya bir mektup gönderdim. Mektuba, hem ben ağladım hem de okuyan herkes ağladı:

Yazar hanım bölmüştü konuşmayı:

— Nasıl bir mektuptu?

— Ne bileyim hocam, unuttum gitti.

— Hatırladığın kadar, satırbaşlarını anlat.

— Bir kaç cümle aklımda. Ne yapıyorsun Funda, gibi... Biz memleketimizi bırakıp buraya evlatlarımızı ellere verelim diye mi geldik? Çocuklarımız Hıristiyan mı olsun Funda? Sen bir anne olarak çocuklarının Hıristiyanlara gitmesine razı gelecek misin? Yapma, yol yakınken dön. Ordan çık, sana söz veriyorum, ölüm pahasına da olsa seni onlara teslim etmeyeceğim. Bana güven senin arkandayım. Nerde olduğunu bana bildir, diye yazıp telefonumu da verdim. Beni aradı. Neden gittiğini sordum. O da: "Ordan uzaklaşmam gerekiyordu, hiç huzurum yoktu herşeyi anlatamam ki. Bir daha dönmeyeceğim. Bu konuda bana ısrar etmeyin" dedi. Ben de, sen gel, dedim, seni asla onlara vermem. Biliyorsun hocam, bu zamanda iylik yapmanın da bedeli var ha. Ben doğruca Ömer ağabeye gittim. Hanımını ve onu karşıma oturttum. Onlara dedim ki, çocukların elimizden alınması beni de cayıır cayır yakıyor. Buna rağmen Funda'yı ordan, sizden alacağım söze göre çıkaracağım. O asla eve dönmek istemiyor. Ben ona, "Seni vermem"diyorum. Onu alır evime getirirsem, sonra sizden itiraz gelir mi?" diye sordum:

— Aman aman Nadire. Evlatlarımızı ordan kurtar, ne yaparsa yapsın asla karışmayız.

— Ömer ağabey söz mü? Bak sizinle bunca yıllık dostluğumuz var, istemem dostluğumuz bozulsun. Funda'yı getiririm onu benden almak isterseniz, ölürüm kendisi istemedikçe yine vermem haberiniz olsun. Çünkü ben kıza ona göre söz vereceğim.

— Tamam bacım, tamam gardaşım. Sen torunlarımızı al, ne istersen onu yap.

Güzelce konuştuk.

Kız bana, 'tamam' dedi. Bir kafeye randevu verdiler. Bana sorulan sorular, araban ne marka, kaç kişi geliyorsunuz, öyle sıkı takip ki, sığınma evi anyada ise, Konya'ya randevu veriyorlar. Funda'yla konuştuk. Defalarca, kıza, seni vermem. dedim. O da bana güvenerek kabul etti. Aldım geldim çocukları evime. Onlarada müjdeyi verdim. Çocukları aldım onlara götürdüm, ağladılar, öptüler kokladılar çocukları. Bana dualar ettiler. İyi... Her şey iyi gidiyor. Haftalarca uyumamıştım, ben de rahat bir nefes aldım, o gece güzelce uyudum. Üç çocuğu Hıristiyan olmaktan kurtarmak ne demek? Haliyle rahatlıyor insan.

Günler geçti.

Beni apar topar çağırdılar evlerine, gittim. Ömer ağabeyi biz çok severiz o da bizi sever.

İçeri girdim. Yanımda bir arkadaşı götürdüm. Beni çok içten ve candan karşıladılar. Benim gördüğüm oydu.

Oturduk, hoş beş. Sonra Ömer ağabey birden:

— Biz sana kırıldık, dedi.

Çok şaşırdım:

— Hayırdır abi, dedim.

— Ya, biz zannettik ki, Funda'yı ordan çıkarmak için ona öyle dedin. Ordan çıktı. Artık ver onu bize.

Aklım başımdan gitmiş:

— Nee! kıza verdiğim söz ne olacak?

— Olsun, bizim için vazgeçeceksin. Bizim sende hiç hatırımız yok mu?

Adeta delirmişim:

— Asla olmaz. Kendisi isterse hay hay! dedim.

Beni ikna etmek için epeyi uğraştı. Ben ikna olmayınca, hemen durum değişti. O candan dost Ömer Ağabey bambaşka biri oldu:

— Yarın, çocuklarım gelmesin, elime alacağım bir

makineli tüfek, senin evinden kim çıkarsa onu tarayacağım. Sana yarın sabaha kadar müddet veriyorum, dedi.

Aman Allah'ım! Hocam, delirmişim. Kendimi kaybettim. Ayağa bir kalktım:

— Tamam, yarın onları aldığım yere teslim ediyorum, dedim.

— Tamam, bu sözüm den sonra yarın makineli ile geliyorum, dedi.

Gözlerim yerinden çıkmış:

— Ömer Ağabey, aklın varsa beni şimdi vur. Çünkü asla sözümü çiğneyemem. O kız bana güvendi. Size veremem, neye mâl olursa olsun. Ben şimdi gidiyorum, çocukları da vermiyorum, makineliyi alıp dediğini yapmazsan onun bunun çocuğusun, tamam mı?dedim. Dedim, ama nasıl demişim. Argonun en açığı ile. Aklımdan o gün şüphe ettim. Kalk, dedim arkadaşa, kalk kız gidiyoruz. Hanımı bu duruma çok üzüldü. Ama ben cinnet geçirdiğim için onu hiç dinlemedim. Benim böylesine ağır söz söyleyeceğimi hiç ummuyordu ya, adam şok oldu, iyi ama ben de ondan ummuyordum. Ne demiş bir düşünür, "istediğini söyleyenler, istemediklerini duyarlar." Evet, Ömer ağabey bir sinir anında söylemişti, ama benim de sinir anıma geldi, asla ağzıma almamam gereken sözler çıktı ağzımdan. Ne olur, okuyucularına yaz Hocam, ummadıkları insanlardan argo kelimeler duyarlarsa sakın ayıplamasınlar, insan cinnet geçirince söylüyor. Ben ki söyleyebildim, cinnet geçirirseniz siz bile söylersiniz Hocam. İnsan bu, siz de yazmışsınız bir kitapta, insan nedir? demişsiniz, cevap vermişsiniz, olaylar bilir. Gerçekten olaylara göre insan umulmadık biri olabiliyor. İnsanın sözü şerefidir, meşru bir sebep olmadıkça, unutmadıkça insan sözünde durmalı.

Sonra ne oldu biliyor musun hocam, Funda'yı ikna ettiler, ona bir ev aldılar, o evi onun üstüne yaptı Ömer ağabey. Ve sonra da barıştılar. Beni de bir gün yemeğe davet ettiler. Allah için gittim. Canı yanmış insan her şeyi konuşur, dedim.

İşte bu olay böyle Hocam. İyilik yaptık diye kıl payı kan akacaktı. Ama kan da aksa asla pişman olmazdım. O çocukların Hıristiyan olması bir ömür benim yüreğimden kan akıtırdı. Tamam mı hocam? Yetti mi?

Gülüyordu Yazar. Nadire'in hali çok içtendi:

— Bir de bir gencin hikayesi varmış sende...

— Hocaam. Bende onlarca hikaye var. Ama nereye sığdıracaksınız. Bir romana sığmaz.

— Hani annesini yirmi yıldır görmemiş bir genç varmış ya..

— Haa. Sorma be hocam, dünyada ne zalim insanlar var. Hocam, bir saatlik yolumuz kaldı. Gidene kadar anlatayım. Bir gün her zaman ki gittiğim toptancıya gittim. Patron dedi ki:

— Nadire Abla şu çocuğa yardım et de ever. Bu işi yapsan yapsan sen yaparsın, dedi.

Bende şaka yollu:

— Kimmiş, gelsin de bakalım, dedim. Siz güveniyorsanız tabii.

— Güveniyoruz, dediler

Genç geldi:

— İsmin ne oğlum? Nerelisin?

— İsmim şu.... Karamanlıyım, dedi.

— Nerde kalıyorsun?

— Halamın yanında, dedi. Zaten bu çocuğun efendiliği dikkatimi çekiyordu.

Çocuğu patron da övünce, araştırdım, ona on beş günde bir kız buldum. Gittim arkadaşımla kızı istedim. Aile "sen istersinde biz seni boş çevirir miyiz." dediler. Çocuğun üç yıllık parasını halası almış. Düğün olsa para istenecek. Hala işi biliyor. Hemen yıktı yaptığımız işi. Çocuğun aleyhinde konuştu. Kızın babası da vazgeçti.

O evden çıktık. Ben anladım durumu. Gence dedim ki:

— Bak oğlum, bu halan olduğu sürece sana kimse kız vermez. Bir daha ben de olmasam yanında sakın bu halanla kız istemeye gitme.

Halası:

— Ama o daha çocuk, dedi.

— Hadi kardeşim, dinsiz mantığını anlatma bana.Çocuk bu zamanda neden bekar kalsın.

Aradan bir yıl geçti.

Çocuk bir gün beni aradı:

— Nadire Abla, ben bir kızı çok sevdim. O da beni seviyor.

— Ver, babasının adını soyadını ver, dedim.

Telefonlarını buldum.

Telefon açtım telefona annesi çıktı:

— Buyrun, dedi.

Selam kelamdan sonra:

— Biz size gelmek istiyoruz, dedim.

— Neden geleceksiniz? Biz sizi tanımıyoruz, dedi.

— Kızınız için geleceğiz, tanışırız, dedim.

— O halde gelmeyin, kızımız küçük, dedi.

Telefonu kapattı.

Bir daha açtım. Yine kapattı.

Bir daha derken. Baktım randevu alamayacağım. Çocuğa telefon açtım."Oğlum, biz bunlardan randevu alamıyacağız, sen kızdan adresi al da bana ver, ben randevusuz da giderim, dedim.

Aldım yanıma Havva Hoca'yı gittim. Zillerine bastım. Kadın kapıyı on santim kadar açtı:

— Misafir kabul eder misiniz? dedim.

— Siz telefon açan hanımlar mısınız? dedi.

— Evet, dedim.

— Kocam evde yok, sizi alamam. Kusura bakmayın, dedi.

— Bizim de yanımızda erkek yok, dedim.

— Olsun, alamam, dedi.

Akşam namazım geçiyordu.

— O halde bir namaz kılıp çıkalım. Namazım geçiyor, dedim.

Kadın namaza izin verdi.

Havva hocaya, "Ben namaz kılarken, sen konuya gir, konuşun." dedim. Ben namaz kılıncaya kadar bir kelime konuşmadılar.

Namazı kıldım. Döndüm kadına sordum:

— Kaç çocuğun var?

— Beş.

— Aman Allah'ım! Ne kadar birbirbirimize benziyoruz. Koltukların benin koltuktan. Benim çocuğum da beş, dedim. Bu arada konuya girdim.

Kadın:

— Kesinlikle ben duymak istemiyorum, zaten kocam çok kızar. Lütfen gidin, sakın kocam gelirse ona konuyu açmayın, dedi.

— Hayır, ağbi gelmeden hiçbir yere gitmem, dedim.

Yazar merak etmişti:

— Nasıl yaptın bunu. Ben olsam, git dendi mi hemen kalkarım.

— Niye kalkayım Hocam, ben oraya Allah için gitmişim. Adamın biri at almaya gitmiş, demiş ki, alamazsam döner gelirim, alırsam biner gelirim. Kızı vermezlerse ne yapayım, der döner gelirim, kızı verirlerse sevinçten güler gelirim.

Derken adam geldi. Suratından düşen bin parça.

— Biz size gelmeyin, demedik mi? dedi.

Ben de,

— Biz Allah rızası için geldik, çocuğun kimsesi yok. Sevaptır ağabey ne olur.

Adam bize baktı.

— Sizin gibi ablaları olan genç kimsesiz olmaz, dedi.

— Olsun, biz ablaları olalım sizde ana babası olun, dedim.

— Olmaz. Bir daha bu konu açılmasın. Benim kızım küçük, dedi.

— Öyleyse o küçük kızı birde biz görelim dedik.

Adam göstermedi. Kız kapıda dinliyormuş, çıktı geldi yanımıza. Bizi hoşladı. Kızın istiyor, diyemiyoruz adama. Bize bir bardak su bile vermediler.

Kalktık. Çıkarken, adama dedim ki,

— Ağabey biz salı günü geleceğiz, o zamana kadar düşün!

— Düşünmeye ne gerek var ki, vermiyeceğimi söyledim, dedi.

Kalktık giderken, kıza, salı günü sen de istediğini söyle bu iş kapansın, dedim.

Salı gün geldi. Onlar evden gidiyormuş. Kız bize haber veriyor, fakat babaya, kızın da oğlanı istiyor, diyemiyoruz. Anne baba bize ateş püskürüyor. Kim bilir hakkımızda neler demiştir. Adam'ın gözünde, ne arsızlığımız kalmıştır, ne yüzsüzlüğümüz. Ama değil mi ki bu çocuk kimsesizmiş, ölümüne ona yardım edeceğim. Allah Kur'an'da, "Aranızdaki bekarları evlendirin" demiyor mu? Diyor. O halde bu genç gibileri evlendirmeyeceğim de kimi evlendireceğim.

Kıza telefon açtım dedim ki, "kızım, bir adım da sen atmalısın. Anneni babanı ne yap yap sakın bir yere gönderme. Yürekli kızlar, kendi evliliklerine yardımcı olurlar. Ama terbiyesizlik yaparak değil."

Kızcağız, ne dersem "Tamam" dedi.

Telefondaki kızın sesinde imdat çığlıkları vardı. Yaşı küçük olduğu için babası vermiyor, kızcağız gönlünü vermiş bir kere, benim başımdan geçti, gönül vurgununun nasıl bir sancı olduğunu bilirim. Kızın yangınlar içinde nefes alışı, beni daha da hızlandırdı. Aslında, "Gelmeyin" denilen eve gitmek çok zordu fakat iki gencin saadeti için işi arsızlığa vurdum. Büyükler büyüklüğünü, böyle durumlarda yapmayacak da ne zaman yapacaklar.

Kızı biraz da korkuttum. Dedim, "kızım bugün çocuğu istediğini söylemezsen, ben söylerim." Kızın anne babası evden tam çıkacağı zaman, kız anne babasına "Gitmeyin, onlar gelir de evde sizi bulamazsa, beni kimden isteyecekler benden isterler, o zaman kendimi onlara ben veririm." demiş.

Şaşkına dönen anne baba, bizden kaçmamaya karar vermişler. Akıllı insanın hali başkadır.

Kız mutlu bir ses tonuyla bize tekrar telefon açtı. Gittik. Daha önce bize kapıyı on santim açan anne, bu defa kapıyı sonuna kadar açtı.

Havva Hoca ile ikimiz girdik, bize güleryüz gösterdiler. Kızın babası üzgün olarak bize döndü:

— Ben size kızım küçük demiştim, ama yanılmışım, kızım büyümüşte benim haberim yokmuş, tamam kızı veriyorum. Haftaya gelin sözü keselim, dedi.

Biz tabii çok sevindik. Ve sorduk:

— Peki, altın, eşya ne isteyeceksiniz?

Adam ne asil bir babaymış... Ne tok gözlü, ne mübarek, ne görgülü babaymış, daha doğrusu aile imiş. Bize ne dese iyi:

— Ne kadar altın alacağınızı, ne eşyası alacağınızı siz bilirsiniz. Zaten kız size gidecek. Ben herhangi bir eşya şartı koşmam, benim şartlarım farklı olacak. Kızım mutsuz edilmesin. Asla kızımı dövemez kimse... Bu iyi bilinmeli... Evine sahip çıksın eşi, şartlarım bunlar, demek istedi.

Olurdu tabii. Eşya istemeyen baba, kızına huzur ister... Kızının mutlu olmasını ister. Çok eşya altın isteyip, o genci borca boğsa, kızı mutsuz olacak. Zaten kamil Müslüman, damadını yorucu borcun altına sokmaz, eğer Peygamberinin tavsiyesini dinliyorsa tabiî.

Evden ayrıldık.

Ertesi gün altın almaya gideceğiz. Çocuk, arkadaşıyla geldi. İş yerinden arkadaşı. Giderken, dedim:

— Oğlum annene babana ne oldu? Anlat bakalım.

Çocuk üzgün üzgün başladı anlatmaya:

— Babam biz küçükken denizde boğulmuş. Annem bizi baba anneme bırakıp kuma üzerine gitmiş.

— Siz görüşüyormusunuz?

— Hayır! İki küçük çocuğunu bırakıp giden ve bir daha o çocuklarını görmeye gelmeyen bir anayı ben neden arıyayım? Asla aramadım, aramam da. Ama kız kardeşim görüşüyor.

Hocam o anda çok fena oldum" sağa çek... Çabuk çabuk..." dedim.

Arabayı şaşkınlıkla kenara çektiler.

— Bak oğlum, sen ana değilsin baba değilsin. Ama ben anayım ve analık duygusunu çok iyi bilirim. Hiçbir ana çocuklarını aramamazlık yapmaz. Babaannen veya başkası kim bilir ne entrika çevirdiler. Anneni hemen arayacaksın!

Çocuk çok kötü reaksiyon gösterdi:

— Asla aramam Nadire Abla. Ben beni bırakıp giden anneyi aramam.

Kesin kararımı açıkladım:

— Anasına faydası olmayanın karısına da faydası olmaz! Ben de böyle bir erkeğe kız istemeye gidemem.

Genç bu sözü düyunca, beni oyalama taktiği kullandı.

— Gidelim Nadire Abla, konuşuruz. Ama ben annem nerde bilmiyorum ki.

— Bulacaksın.

— Nasıl bulayım? Bizi bırakmış gitmiş.

— Bulamazsan, ben bu işte yokum. Hadi beni eve bırakın.

Benim kararlı olduğumu anlayınca, kız kardeşini aradı, annesinin telefonunu aldı, bana verdi. Telefon açtım kadına sordum:

— Senin Belçika da..... adında bir oğlun var mı?

Kadıncağız çok korktu:

— Oy kuzuuuum, kuzuma bir şey mi oldu?

— Yoo, hayır. Sana bir müjdem var. Oğlun evlenecek, haftaya sözü var. "Ben annemle konuşmazsam huzurlu evlenemem." diyor. Dur seni ona veriyorum.

Çileli anne, kalbi pille çalışırmış, sevinçten çılgına döndü. Çocuk telefonu aldı eline zangır zangır titriyor. Kırgın, anne de diyemiyor. Çocuklara anneleri öyle kötü tanıtılmış ki, çocuk annesinin sesini duyunca ürperdi zoraki sordu:

— Nasılsınız?

Kadın kendini kaybediyor.

— Guzuuum, yavruuuum.

Kadın ağlamaktan konuşamıyor.

Arabada hepimiz ağlamaya başladık. Tam yirmi bir yıldır birbirlerini görmemişler. Ana taa ciğerden ağlıyor. Konuştular. Çocuğa dedim, bundan sonra her cuma anneni arayacaksın. "Tamam" dedi. Gittik, patronları yardımcı oldu, (üç yıllık parayı hala vermedi) halayı düğüne davet etmedi çocuk. Ve bilezikler alındı, eşyalar alındı ve düğünleri oldu. Çok da mutlu oldular. Hâlâ çok mutlular.

Bir kış günü Konya'daydım, dedim şu kadını bulayım. Önce kızına gittim."Ağabeyini evlendiren Nadire'yim ben, beni annene götür." dedim. Bir de baktım, babaanne arabanın arkasına binmiş, cadılığına devam ediyor: "Ne zaman ana olmuş o? O çocukları ben büyüttüm, o uçkurunun peşine gitti." dedi. Öyle sinirlenmişim ki: "Evladına anneyi kötüleyen bir cehennem cadısını arabama alamam. Lütfen iner misin arabadan" dedim. Ben zaten kadına delirmişim. Aldım kızı, kıza annesinin başından geçenleri sordum, ondan öğrendim.

Babam ölünce ölünce, amcamla hepsi bir evde olduğu için babaannem, "yenge kayın aynı evde duramaz" deyip annemi babasının evine göndermiş...

Tabiileşmiş bir canilik var ya, fakir baba çocukları istememiş, kaynana da bir daha gelinine çocukları göstermemiş. Hemde babasının evine gönderen de oymuş.

Yıllar sonra

Babası, karısı felçli bir adama vermiş çileli kadını. Olacak ya, felçli kadın iki üç yıl sonra iyileşmiş ayağa kalkmış. Bu defa, iyileşen kadında, kocası ve kocasının çocukları da devamlı zulmetmişler kadına. Kadını bir gördüm ki, çileden dökülmüş. Beni görünce çok ağladı, çok dua etti. Çektiklerini anlattı. O kaynananın çocukları göstermemek için ona neler yaptığını anlattı. Kadına zehir olmuş yalan dünya. Oğlu ona telefon açmış, zaten her cuma açıyormuş, "Anne demiş, seni Belçika'ya getirtip sana gün yüzü göstereceğim."

Beş yıl oldu, herkes çok mutlu.

İşte bu güzel insanın, insan insanın bir insanlık sahnesinde son perde böyle kapanmış, Yazar da notlarını kelime atlamadan almıştı.

Neler vardı dünyada, ne kadar yürüyen iki ayaklı yılanlar vardı. Yazar yılardır bu kötü insanların verdiği insan zayiatını dinlemekten acı fıçısı olmuştu. Fakat kötülüğün eğitimsizlik veya yanlış eğitimden dolayı oluştuğunu bildiği için, çok çalışmak gerektiğini vurguluyordu sıksık.

* * *

Yazar, Zekiye'ye telefon açar, kendisini gelip bulunduğu yerden almasını söyler. Ertesi gün gelir, Şarlova'dan alır Zekiye. Yazar, Belçika'da hayat kadınları bulmuş onların hayatlarını dinlemişti. Batılda kadın battığı zaman, Doğu da gelse, alemin hepsi de gelse kurtaramazdı.

Hayat kadınları içinden birçok kadın dinlemişti. Dinlediği ilk kadın Belçika'lıydı. Kadın mimardır. Aşık olduğu erkekle evlenmiş. Bir çocuğu olmuş, sonra kız kardeşi kocasını alıp kaçmış, bu da onlara acı vermek adına hayat kadını olmuş.

Yazar, başkası için namuslu olanlar, bir başkası için de namuslarını hiçe sayabilirlermiş, demekten kendini alamaz.

Yazar bir Faslı kadına rastlar. O da, para için Belçika'ya gelen ailenin kızıymış. Babası bir Belçikalı ile metres hayat yaşayınca, annesi de Belçikalı erkek bulmuş. Bu kız o zamanlar on dört yaşındaymış, o adam sahip olmuş ona, o da annesine söylemiş, annesi: "Sen kocamı kıskandığın için yalan söylüyorsun" demiş ve sokağa atmış kızı. Sokaktaki bir kız Avrupa'da nereye düşer, sokağa düşer tabii. Zavallı özgür dünya ve zavallı aldananları, gerçeği ile küçük yaşta karşılaşmış kızcağız. Yazar bu kızı gözyaşları içinde dinlemiş, "Sen yine de kendine kıyma, haram hayatla, huzurlu olarak ömür bitirilmez. Ne olur, kendine sahip ol." diyerek ona tavsiyelerde bulunmuş.

Bir de Rus kızına rastlamış. Rus kızını babası satmış. Şarap parası için... Satın alan adam da onu başka birine satmış, o da getirmiş Belçika'ya "Bu hayat rezil bir hayat ama düştük bir kere çıkamayız" der Rus kızı.

Onlarca kadın dinlemiş. Bir de Türk kızına rastlamış. Annesi üç ayda bir erkek değiştirirmiş. Babası bir Alman kadınla kaçmış. Üzerinde ne kadar mal varsa, aşkının rüzgarına kapılıp hepsini Alman kadının üzerine yapmış.

Bu kız da vermiş kendisini uyuşturucuya. Derken bu yola düşmüş. Zaten uyuşturucu kullandığı halde, orta halli insanlardan kötü yola düşmeyen, ne erkek duymuştur Yazar ne kadın. İnsanın kanını durduran bir şey söylemiş Türk kızı, "Beni Allah gelse kurtaramaz" demiş. Yazar şaşırmış:

— Yavrum sen ne biçim konuşuyorsun böyle? Onurunu kaybetsen bile imanını kaybetmemelisin. Allah gelse kurtaramaz, ne demek? Bunu ancak kafir olan söyleyebilir.

Kızla yüzgöz olmadan sorar:

— Burda ne arıyorsun canım?

Kız tereddütsüz cevap verir:

— Allah benim burda çalışmamı istiyor.

Yazar ürpererek cevap verir:

— Olur mu öyle şey?

İsyan etmeye, her hatayı allaha mâl etmeye alışmış olan bu kızın cevabı hazırdır:

— Oldu işte. Allah'ım beni kurtar, dedim kurtarmadı.

— Bak canım, sana Allah'ın prensibini söyliyeyim. Sana akıl verir, bir de kurtulabileceğin bir yolu sana mutlaka gösterir. İşte bu Allah'ın yardım eli demektir. Senin burdan kurtulma imkanın hiç olmadı mı?

Uzaklara bakarak cevab verir çağdaş dünya kurbanı:

— Hayır!

Allah'ın adaletini iyi bilen Yazar itiraz eder:

— Mümkün değil. Mutlaka olmuştur.

Biraz düşünür:

— Bir kere, bir Arap, "Sana para vereyim, kendine bir iş yeri aç, ben de senin sevabınla Allah'ın rızasını alayım." dedi, ben kimseye minnet etmememek için kabul etmedim. Bir de Türk'e rastlamıştım, "Türk kızına buralarda hayat kadını olmak yakışmaz" dedi manyak manyak, ben de ona "Türk kızı Türkiye'de hayat kadını olunca yakışıyor mu? Ya da öteki ırkın kızlarına yakışıyor mu? Defol şurdan ırkcı p...." dedim. Hepsi bu...

— Sana İsviçre devleti aylık vermiyor mu?

— Veriyor ama az, kiraya yemeye içmeye ancak yetiyor.

Yazar şaşırır:

— Yeter be kızım. Senin çoluk çocuğun olmayacak mı? Hep böyle genç mi kalacaksın. Yaşlılığın huzurlu geçsin istiyorsan bırak kızım bu çirkin yolu. Bak ötekilere bunları pek söyleyemedim. Ama seninle aynı ülke kızlarıyız, aynı dili konuşuyoruz, bu yol seni bırakmadan sen onu bırak. Allah sana burdan kurtulabilmek için akıl verdiği sürece sana yardım etmiş demektir.

Biraz düşünür Türk kızı. Bir ara homurdanır gibi söylenir:

— Aslında ben de çıkmak istiyorum. Kimsesizlik çok kötü bir şey. Anneme babama Allah bu hesabı sormayacak mı? Yazar hakikatları olduğu gibi anlatır. Genç kız, "söylediklerinizi düşüneceğim," der ve ilginç bir şey söyler:' "Ben de beni buraya Allah düşürdü biliyordum."

Yazar üç Belçikalı, bir İtalyan, bir Arap, iki Rus, bir İngiliz, bir de Çinli kız dinleyip oradan ayrılır. Bir parkta gerçekleşmiştir konuşma. Bu da çok ilginç bir rastlantı ile sağlanmıştır. Küçük bir çocuğa araba çarpacağı an Yazar çocuğu çeker alır. Ani olarak yapar bu işi. Çocuğun dedesi de karşı tretuvarda torununa bakmaktadır. Bir kadın torununu kurtarmak için kendini tehlikeye atınca, o kadına minnet duyar ve kendisinden bir şey istemesini rica eder. Bir ev bir araba da olabilir, der. Yazar hiç birini istemez. Beyfendinin ne iş yaptığını sorar. Onun gece hayatını kontrol eden, kaçak kadın olup olmadığını araştıran bir müfettiş olduğunu öğrenir. Ve Yazar ona on onbeş hayat kadınıyla görüşmek istediğini söyler. O da çok menmun olur "Bunu emir telakki ederim. Perşembe günü saat on dörtte, şurdaki parka yarım saat aralıklarla kızların gelmesini sağlayacağim" der ve gerçekten Belçikalı sözünde durur.

Yazar, büyük devletlerde insan batarsa büyük batar, dercesine bakıyordu çeşitli ideoloji kurbanlarına.

Cahiliye döneminde pazarda satılan kölelerle bunların ne farkı var, diye düşünür saatlerce. Onlar gönülsüz satılırlar, bunlar gönüllü, der. İyi de, hiçbir kadın o yola severek, isteyerek gitmez. Gençliğin bilincini alarak, ona kötü bir işi gönüllü yaptırmak da zorla yaptırmaktır Yazara göre.

Yazar Batının Romanına hazırlanır aslında, fakat elinde yazmakta olduğu romana da serpiştirir bazı bilgileri.

İster ki dünya uyansın. İster ki, genç kızlar adımlarını dikkatli atsın, ister ki anne babalar mesuliyetini her zaman bilsin. Uzun süre, yine araştırmalar yapar. Bir tarihci bulur, ondan Batının tarihi hakkında adeta ders alır. İslâm tarihini de kısmen bilen Yazar, her geçen gün geçmişle kavgasını artırır.

Kararlıdır. Batının romanını öyle yazacaktır ki, Batılılar bile o romanı okumak zorunda kalacaktır. Sonra da hayalleriyle kavga eder. "Büyük düşündürüp küçük yaşatma beni"

* * *

Aradan bir ay geçmiştir. Yazar Hollanda'ya gider.Yine Hava alanından onu Sema alacaktır. Uçaktan indiğinde, çok geçmeden Sema ile karşılaşır, bir de bakar ki, Gürbüz ve Kristel'de Sema'nın yanındadır. Sema ve Kristel'le kucaklaşır Yazar. Gürbüz'e sıra geldiğinde Gürbüz'ün ilk sözü yine renkli olur:

— Ayy! Valla olmaz ya, bu kadar da olmaz, seni karşıdan görünce fark ettim, sen obez olmuşsun obez. Eskiden ne kadar inceymişsin. Hoş geldin, ama ben çok üzüldüm. Al bu çiçeği lütfen, sözlerimi de düşün. Diyeceksinki neden "obez dedin"

Yazar Gürbüz'e bakar gülümseyerek cevab verir:

— Yo demeyeceğim.

Yazar ona sarılır. Geldikleri için herkese teşekkür eder.

Sema'nın arabasıyla geri dönerler. Fakat Gürbüz hiç durmadan konuşur, herkesin sözünü böler, konuşmayı kendisi kontrol eder.

Yazar nihayet fırsatını bulup Kristel'in eşini sorar. Ne yaptıklarını merak eder. Sema başlar anlatmaya:

— Ablacığım, sevgili Hocam, senin dediğini yaptık." Kırıstel'i ve oğlunu biz de sakladık." Kırıstel'in annesinin evine gitmiş. "Karımı siz saklıyorsunuz." demiş. Onlar "Haberimiz yok" demişler. Ama inanmamış, kapılarını pencerelerini kırmış. Polis çağırmışlar. Şimdi adam hapiste. Üç gün sonra mahkemesi var. Biz de seni, bekliyorduk, ne yapalım? diye.

Yazar bu duruma çok üzülür:

— Desenize verdiğim akıl işe yaramadı. Peki hapishaneye ziyaretine gitti mi?

— Hayır.

— Hemen, hemen yarın gitsin. Tedavi olmayı kabul edersen, "seni hapisten çıkarttıracağım," desin. Orda içki içemediği için aklı başındadır. Kiristel içindekileri söylesin. Kocasına da, "Sen öldüreceksin sandım o yüzden evden kaçtım. Artık senden korkuyorum. Ama bana tedavi sözü verirsen, biliyorum sen sözünde durursun, o zaman eve gelirim." desin. Tepkilerini iyice takip etsin yarın bize söylesin.

Kristel "tamam" der. Fakat Gürbüz açar ağzını ve devamlı aynı konu etrafında döner ve makineli tüfek gibi ardarda hiç durmadan, nefes almaz gibi konuşur:

— Yanlış yapıyorsunuz yanlış. Bu erkek milletine iyilik yaramaz. Atsın tekmeyi.gitsin Bakın ben nasıl attım. Tekmeyi. Yoo, yok öyle yağma... ben seninle mutlu olmak için evleneceğim sen beni mutsuz edeceksin. Diyeceksiniz ki nasıl attın? Anlatayım, ama beni dikkatlice dinleyin... Araya girilmesinden hiç hoşlanmam... Bir sözünüz varsa sonra konuşun efendim... İnsan kime denir? Saygı göstere-ne, siz bana saygı göstermezseniz kim gösterir? Ben Kristel'in kocasını gördüm. Bin yıl kocasız kalsam almam o adamı, bu kız ona çok bile... Bırakın gitsin derim. Diyeceksiniz nereye gitsin? Bu adamdan ayrılsın da ne cehenneme giderse gitsin. Size ne canım...

Sema artık dayanamaz ve Gürbüz'e bağırır:

— Yeter Gürbüz, Allah aşkına yeter ya. Biliyoruz aklın çok, ama o aklını ne olur kendine sakla.

Gürbüz tersten bakar Sema'ya:

— Ama, Sema! Kırıcı konuşuyorsun! Hocanı görünce arkadaşına yüzünü dönme. Vekil gider asıl kalır. Diyeceksin ki...

— Hayır hiçbir şey demiyeceğim. Rica ediyorum sen sus. Devamlı konuşan insan bu kadar yorar mıydı insanı? Aman Allah'ım!

Yazar, gergin ortamı yumuşatmak ister:

— Kızlar, birbirinizi sevdiğinizden, birbirinize nazınız geçiyor olmalı, ama nazın da bir ayarı olmalı. Neyse, boş verin de, size bir fıkra anlatayım. Behlül Dane adındaki bir zatın hırsız evini soyar. Komşular Behlül Dane

Hazretlerinin gelişini beklerler. Gelir, evinin soyulmuş olduğunu görünce doğruca mezarlığa gider. Komşular da onu takip eder. Gider, bir mezarlığın içine bağdaş kurup oturur. Komşuları sorar."Burda ne arıyorsun Behlül?" O da cevap verir: "Bekliyorum, evimi soyan hırsız eninde sonunda buraya gelmiyecek mi?"

Herkes güler, Gürbüz gülmez.

Gürbüz:

— Sema sen var ya sen. Sen insanı fıtık edersin. Beni hiç konuşturmuyorsun. Ama Hocaya gelince ona hiç "sus" demiyorsun. Tabii o yazar ya. Ben de yazarım, kadın gazetesine kaç defa yazı yazdım yayınlandı. Ama biz, İnsanlar arasında ayırım yapmıyoruz.

Yazar şaka ile takılır.

— Arkadaş, Türkiye'deki malum parti gibi, her şeye alınganlık gösteriyor. Ve galiba herşeyden de nem kapıyor.

Gürbüz:

— Hiç bile, bak Yazar Hanım! Bu laf size yakıştı mı? Siz okuyucularınız arasında ayrım yapıyorsunuz.

Yazar:

— Şaka yaptım. İstemiyorsan bir daha sizinle şakalaşmam.

Gürbüz:

— Yoo, ben şakayı çok severim de... Şakanın ne amaçla yapıldığını anlamazsam o zaman sevemiyorum.

Yazar:

— Peki, bir fıkrada senin için anlatayım. Neden anlatıyorum onu da söyliyeyim. Demin seni kırdım, diye sana özel anlatıyorum.

Gürbüz çok menmun olur.

Yazar devam eder:

— Adamın biri, yoldan giderken hamam böceği görür. Bakar böceğe bakaaar, sonra der ki, "Ey Allah'ım! Bu çirkin, iğrenç mahluku niye yarattın? "Aradan zaman geçer. Adamın yüzünde iğrenç bir yara oluşur, adam doktora gider. Doktor da, alternatif tıp doktoruymuş, ona der ki: "Hamam böçeği toplayacaksın, şöyle on tane kadar. Onu ezeceksin, bu yaralarına süreceksin." Adam iğrene iğrene söyleneni yapmış. Yarası geçmiş.

Aradan aylar geçimiş. Aynı adam gemiye binmiş başka ülkeye giderken gemi fırtınaya yakalanmış. Bir sağa dönüyormuş gemi bir sola... Deniz suyu gemiye dolmaya başlamış. Millet bağırışlarla çığırışlarla sığınacak yer arıyormuş. Böceği yüzüne süren adam sandalye çekmiş altına, bacak bacak üstüne atmış, sessiz bir halde oturuyor. Demişler: "Sen ne rahat adamsın, bir şeyler yapsana, bize yardım etsene!" Adam gayet rahat cevap verir: "Yoo, ben hiç bir şey yapmam. Allah'ın işine bir kere karıştım, yüzüme karaböcük sardı, bir daha hiç bir işinize karışmam."

Bu defa Gürbüz de güler.

Yazar şunu iyi biliyordu, herkes kendisiyle ilgili olanı dinlerdi.

* * *

Ertesi sabah Yazar Sema, ile hastalarla konuşmak üzere sinir hastalıkları kiliniğine gider, Sema almıştır randevuyu, Kristel de ceza evine eşini ziyarete gider. Akşam Sema'nın evinde Gürbüz'ü davet etmeden toplanırlar.

Yazar notlarını alır. On üç kız, sekiz de erkekle konuşmuştur. Yirmi bir gencin hepisinin de problemleri farklıdır fakat ortak yönleri vardır. Hepsinin aile yapısı bozuktur. Gençler "kendisi" olamamış, hayata karşı hep korkak ve güvensiz yaşamışlardır. Yirmi bir gencin hayatını not eder, Batının romanı için ve notlarının bitimine bir not düşer." Hayret ettiğim tek bir şey oldu, annesi babası mutlu yaşayan bir genç yoktu bu yirmi bir gencin içinde. Batının Romanı çok güzel olacak der ve Dosyasını kapatır Yazar. Sonra Kristel'e döner.

Yine Sema yapar tercümanlığını:

— Anlat Kristel. Kocana dediklerimi söyledin mi?

— Evet. Aynısını yaptım.

— Ne dedi?

— Aaa! Ben seni hiç dövmedim ki, dedi. Bunu nerden çıkardın, ben sana kıyabilir miyim? dedi. Şaşırdım kaldım... Ağlamaya başlamışım. Hiç farkında değilim gözlerimden yaşlar akmış.

Yazar Nadire'nin bir sözünü hatırlar:

— Öz ağlamadan göz ağlamaz. Rol icabı artistler bile ağlayamıyor. Bir saçma filmden "Timsah gözyaşları" diye bir şey çıkarıp milyonlarca kadının acılardan akan gözyaşlarına "yapmacık" yaftasını vurdular kadın ne yapsın, içi ağlıyor. Eee, sonra.

Sema:

— Dur bir dakika abla, Kristel, ne dediğini soruyor. Ona söylediklerini aktarayım.

Kristel dikkatlice dinler Yazarın söylediklerini. Sonra Yazara döner:

— Gözyaşlarıma inanan ilk insansınız. Teşekkür ediyorum. Bana annem de inanmazdı, babam da.

Sonra tekrar kocasının konusuna döner:

— Ağladığımı görünce niçin ağladığımı sordu. Ben de, "Beni dövdüğünü bile hatırlamıyorsun. Sen tabii tedaviyi kabul etmezsin" dedim. Çok etkilendi. "O zaman ben gerçekten hastayım, tamam, söz veriyorum, burdan çıkayım hem alkol tedavisi olacağım hem de beyaz zehir." dedi. "İnanayım mı?" dedim. "Kesinlikle inan" dedi.

Şimdi sözler veriyor, üst üste. Ben de sizin tavsiyeniz üzerine babamı arayıp, davacı olmayın, diyeceğim.

Yazar Hanım tereddüt etmeden fikrini söyler:

— Hemen hemen aç telefonu. Bu imkanı değerlendirelim. Ona ne dedin?

— Düşünüp babama bildireceğim, dedim.

— Mahkemeye şöyle bir şerh düşürme imkanı var mı? Tekrar yaparsa bu günkü davam yenilenecek. Böyle bir şerh düşülmesi caydırıcı olur.

Bu arada kapı çalar. Gelen, Kristel'in oğluyla kız kardeşidir.

Yazar çocuğa sorar:

— Nasılsın bakalım?

Çocuk yine, çekingen tavırlarla cevap verir:

— İyi.

Yazar gülerek çoçuğun ellerini tutar:

— Bence de iyi görünüyorsun. Baban nerde canım?

— Hastanede.

Çocuğun isteksiz konuştuğunu anlar Yazar ve annesine döner:

— Bir çocuğun aşırı çekingen olması da aşırı yırtık olması da proplemdir, der.

Sebeb ve çözümlerini anlatır.

Günler geçer perşembe günü Kristel'in eşi tahliye olur. Ve gerçekten sözünde durur, evine gelir, bir gece kalır, çocuğunu öper sever, onunla oynar, ertesi gün hastaneye gider. Perşembe günü kapının önünde Yazar Kristel'le karşılaşır. Çocuk bahçeden bir gül koparıp Yazara uzatır. Çocuğun gözleri ışıl ışıldır. Ve Yazara gülü verirken "sen çok iyisin madam" der. Herkes çocuktaki bu inceliğe hayretle tepki gösterirler.

* * *

Yazar bir hafta daha araştırmalar yapar. Eve gidip gelenlerle sohbet eder.

Özellikle, transeksüel olanlarla ilgilenir bu kez. Yaşlı transeksüelleri bulur. Yaşlandıkları zaman, kimseler ilgi göstermeyince nasıl bir psikoloji yaşadıklarını öğrenmek ister. Altı kişi bulur. Dördü pişman değildir. Fakat Yahudi asıllı Eliza (erkekken ismi Agop muş) Belçikalı transeksüel, aldandık, yanlış yaptık, dinimize ihanet ettik, demişler, pişmanlıklarını örneklerle dile getirmişlerdi.

Yazar eve döndüğünde Batının Romanı için bunları da not almıştı. "Belki de bu konulara hiç girmeyeceğim, fakat Batı fotoğrafını tam çekmeliyim," diyordu.

Kur'an'daki ayete takılıyordu aklı. "Onlara yönetimi vermeyin. Yönetimi onların eline vermeyin, eğer verirseniz, onlar tabiatı bozar, nesli mahveder." Gerçekten Mahvetmişlerdi nesli. İnsan neslini bitiriyordu dinsizlik. Keyfi olarak ameliyat olanlara da izin veriyordu, insanı özgürlük adıyla mahveden zihniyetler. Halbuki din, bir problemi varsa ameliyat izni verirdi.

Notlarının altına, göz yaşlarıyla şunları yazmıştır Yazar:

Sen söylersin de yanlışlık olur mu Yarabb!

Sen bu Ademoğullarına fikir ver. İnsan soyunu mahvedenlerden yönetimleri al ve düzgün insanlara ver.

* * *

Güzel bir çiçek yaptırıp, Sema ile Yazar Kristel'in eşini ziyarete giderler. İki dindar kadının ziyaret ettiğini görünce eşine döner:

— Kristel, rüya mı görüyorum yine, yoksa gördüğüm gerçek mi? Aynen önceki gelenler yine ziyarete geldiler.

Kalkar, çiçekleri alır, onlara teşekkür eder. Ne kadar memnun olduğunu belli eden tavırlar sergiler... Sonra sorar:

— Madam Sema. Ben bir kitap okumuştum. O kitapta, Müslüman kadın doktor olsa, bir erkek yerlerde sürünse, yalvarsa o Müslüman kadına: "Ne olur elimi tut, elimi tutmasan öleceğim" dese Müslüman doktor kadın 'günah' diye o eli tutmaz, diyordu.

Fakat ben görüyorum ki, Müslüman kadın, bir Avrupalı erkeği ziyarete geliyor. Bu ne büyük bir çelişki. Her kadın her erkeği ziyaret eder mi?

Sema verir cevabı:

— Ziyaret konusu keyfi bir konu. İlla gidilecek diye bir şart yok. Ve adamına göre, evli bekarlığına, yaşına göre iş değişir. Fakat, imdat isteyen bir erkeğe yardım için doktor olmasına gerek yok, her Müslüman kadın elini o erkeğe uzatır, o erkek, ister ayık ister sarhoş olsun, ister Müslüman ister gayri Müslim olsun, ister dinli ister dinsiz olsun fark etmez. Fakat birileri, dinimizi lekelemek için, üç beş inanmış Müslüman'ın yalnış tavırlarını genele yayıyorlar.Her şeyi bilinçli yapıyorlar. Unutmayın dünyanın ilk hemşiresi sahabeden bir Müslüman kadındır.

Kristel'in eşi çok şaşkın olarak memnuniyetini dile getirir:

— Ben kendimi, Müslüman kadını ilk defa bugün gördüm, diye kabul ediyorum. Binlerce kadın gördüm ama, hepsine de, ben yerde ölsem, elimi tutup kaldırmayacak merhametsizler olarak bakmıştım. Ne kadar haksızlık ettiğimi şimdi anlıyorum.

Josef, çiçeklerin üzerindeki kartı alır ve okur. Yazarın notudur okuduğu: "Hazreti Adem'den olma kardeşim, sana acil şifalar diliyorum" yazılıdır.

Karta bakar, sonra hanımına bakar... Sema ile Yazara bakar... Sonra pencereden dışarı bakar... Sonra da mırıldanır: "Birileri bizimle oynuyor..."

* * *

Sema, Yazar Hanımı Amsterdam kilisesine götürür. Yazar burayı çok iyi hatırlamıştır. 1990 yılında bir teşkilat kendisinin adı ile konferans hazırlamış, binlerce insan doldurmuştur kocaman kiliseye, herkes ayakta kalmıştır, o teşkilatın başkanı Yazarın aleyhine bir broşür okutur, hem de Yazarın arkadaşıyla. O gün ne kadar sarsıldığını, o lidere de o arkadaşa da bir daha hiç güvenemediğini hatırlayıp, o günkü gibi, kendisini alevlerin içinde hissetmişti.

Kiliseden hızla çıkmak istemiştir Yazar. Çıkarlar biraz dışarıda yürürler... Birkaç adet, yel eğirmeni gezerler. Akşam eve gelirler, yemeklerini yerler, namazlarını kılıp, televizyonda açık oturumu izlerlerler.

Sema sorar:

— Hocam, Müslüman kadın Avrupa'dayı yazıyorsunuz, Müslüman erkek yok mu Avrupa'da onu ne zaman yazacaksınız?

— Onu başkası yazsın Sema. Ben iki üç yıl Batı'nın romanına çalışacağım. Vaktim yok.

Sema duraklar:

— Bence erkeği yazmak çok zor.

Yazar şaşırır:

— Neden ?

Sema biraz düşünceli:

— Ne bileyim. Müslüman kadının hiç olmazsa baş örtüsü var, erkeğin neyi var ki, neyi yazsın Yazar?

Yazar yine şaşırır:

— Aaa! olur mu öyle şey ? Göbeği meydanda kadınların sokakta olduğu bir dünyada, zina yapmayan, eşine kuma getirmeyen erkek çok değerlidir. Bu değer üzerine bir kitap yazılsa çok faydası olur. Müslüman erkeğin de motive olmaya, fark edildiğini fark etmeye ihtiyacı var.

Sama Yazara hayranlıkla bakar:

— Çok incesiniz abla.

Yazar bir taraftan televizyon izlerken bir taraftan sorar:

— Sema, biliyor musun, sen bana bazen abla bazen

hocam diyorsun. Bazen siz, bazen sen diyorsun. Gürbüz'e dönüyorsun yani. Ne iş?

Sema gülerek cevab verir:

— Aa! demek fark ettin. Ben de fark ettim kendimi. Ciddi konu konuşurken, siz, diyorum, özel konularımızda sen. Ne bileyim Hocam, bazen öyle bazen böyle söylemek hoşuma gidiyor. Bir mahsuru var mı?

— Yoo... Sadece merak ettim.

Yazar annesini hatırlar. Hemen telefon açar:

— Kraliçem? Selamün Aleyküm. Nasılsın anne?

— Sen kimsin...

— Anne! Artık beni tanı anne, ayıp oluyor ama.

— Bu telefon da bozuk. Benim şansıma işte. Ne yaptın. Alman Başkana çıktın mı? Söylediklerimi söyledin mi? Uğraşmayın Müslümanla yav de, Müslüman kıyamete kadar her zaman olacak... Boşuna Müslümanı bitiririz sanmasınlar. Hem de ki, benim dayılarım amcalarım sizde çalıştı, sonra onların emeklerini hep haram ederiz, de. Siz Allah'tan korkmuyor musunuz, de. Niye Amerika'nın her öldür, dediğini öldürüyonuz, de. Kremimi aldın mı? Şu kırışıklarımı yok etsin. Niye kırıştım bilmem. Havadan her halde... Yok yok... Heyy gidi geçlik hey! Gidiyor ya, biz de kırışacuk besbelli... Kırıştıkta işte. Neyse. Çabuk gel ha. Beni sen olmayınca doktorlar iyi bakmıyor.

Telefonu kapatır anne.

Sema sorar:

— Annenizin konuşmasına ister istemez kulak misafiri oldum. İlginç biri kaç yaşında?

— Bilmem. Hiç bir zaman yaşını söylemiyor. Ben altmışa merdiven dayadım, o hala yetmişe gelemedi. İkimizin takvimleri aynı mevsimleri göstermiyor.

* * *

Yazar, bu defa kimsesiz çocuklar yurdunu gezer. Bazı çocuklarla konuşur. Fakat izin almakta zorlanmışlardır. Bir milletvekili sokarlar araya. Çok zor izin alır. Çocuklar aynen Türkiye'deki kimsesiz çocuklar gibidir. Aralarındaki fark, Sema ile Yazar hanıma çocuklar fazla ilgi göstermez. Fakat diğer ziyaretçilere çok yakın davranırlar. Sema bir çocuğun kısa saçlı kadına ne dediğini merak eder. Çocuk ona sormaktadır: "Sen benim annemi gördün mü Madam? O nasıl biri? Sema bunu Yazara söyler. Yazar da Sema da gözlerine hakim olamazlar.

Çocuk, der Yazar, her yerde çocuk. Heryerde elleri minik minik, gözleri boncuk boncuk. Her çocuğun kalbi var, her çocuğun sevgi ve güven duymaya ihtiyacı var... İşte özgürlüğün eseri... Özgür, ama insafsız dünya... Özgür, ama babasız çocukların sayısını artıran dünya.

Yazar elli civarı çocuk görür. Kimi oynamakta, kimi meraklı gözlerle ziyaretçilere bakmaktaydı.

Yazar bu gün dünden daha çok yorulmuştur. Bitkin

halde eve dönerler. Yazar günün notlarını aldıktan sonra özel notunu yazar: "Bu dünya acele olarak değişmeli!"

* * *

Yazar Sema ile uçağa doğru giderken Gürbüz'ün sesi ile irkilir. Koşarak gelmiştir Gürbüz. Yazara küçük bir paket verir:

— Bu sizin için hocam, küçük bir hediye. Benden habersiz gittiğiniz için size çok kırgınım. Ama neyse dedim, kırgınlığımı nasıl olsa bir gün anlatacak zaman bulurum. Diyeceksin ki neden kırgınsın?

Yazar:

— Hayır, demeyeceğim.

Bozulur Gürbüz.

— Misal dedik ya hocam. Sen de hiç mecazdar anlamıyorsun ya. Ne diyordum unuttum. Sen bana tenezzül edip haber vermedin, amma, ben yine geldim. Sen neden böyle yapıyorsun biliyorum, ben açığım, diye.

— Öyle şey olur mu? Benim başı açık akrabam ve arkadaşlarım var. Onlara günahı anlatırım, ama ilgimi kesmem. Sen çok yanlış algılamışsın.

Gürbüz:

— Yoo, yanlış değil. Kur'an'da başörtüsü yok ki başımı örtsem.

Yazar:

— Yaa! Ne güzel, o halde sen Allah'a şöyle diyeceksin: "Allah'ım! Başımı örtmedim, çünkü senin dininde başörtüsü yok.

Biraz duraklar Gürbüz:

— Öyle derim fakat.

— Fakat ne?

— Gerçekten yok mu ki Kur'an'da başörtüsü?

— Bilmem. Sen biliyorsun ya. Zaten, biz yıllarca okuyoruz biz bir şey bilmiyoruz, ama size hiç okumadan İslâm'ı anlatanlar...

— Ama öyle diyorlar.

— Hep başörtüsü yok, diyenleri mi duydun? En azından bir o kadar kişiden de var, diyeni duymuşsundur. Neden var, diyenlere değil de, yok, diyenlere inanıyorsun? Senin yerinde olsam bu soruyu düşünürüm.

Yazar peygamber sünnetini hatırladığından hemen hediye paketini hediye edenin yanında açar:

— Zarif düşüncen, güzel hediyen için teşekkür ediyorum. Beni mahcup ettin.

— Canım mahcup olacak birşey değil. Tekrar gelecek misiniz?

Yazar bu ilginç hayranına onu anlamak istercesine bakar:

— Kısmet.

Gürbüz kırgın:

— Kısmeti sizin ifadenize göre siz bulursunuz. Gelin lütfen, bana hiç vakit ayırmadınız halbuki benim size çok ihtiyacım vardı kısmeti siz hazırlayın.

Yazar ayak üstü konuşmak istemez:

— O mesele derin bir konu. Tabii, bazen kısmetler bizim niyetimize göre gelişir, fakat bazen niyetimiz hiç sorulmaz bile.Yani Allah bir şey demişse onun olması gerekiyor. Allah'ın dediği mutlak olur. Kulun dediği mutlak olmaya bilir. Bu konular için biraz emek vermek gerekir.

— Peki, biz de emek veririz.

— Tabi ki verirsin. Beş dile emek veren, biraz da İslâm'ın diline neden emek vermesin. Hangi şey İslâm'dan daha değerli.

Sema:

— Çok boyutlu bir soru bence.

Gürbüz:

— Bence de!

Vedalaşıp ayrılırlar.

Yazar uçağa bindiğinde çok geçmeden uçak kalkar. Yazar pencereden bakar aşağıya ve mırıldanır. Eyy Avrupa! Ne olur İslâm'dan korkma ve korkutma...İslâm insanlık dinidir.

* * *

Nadire, Havva Hoca ve Mükremin'in Ayşe üçü karşılar Yazarı.

Ayşe, Yazarın ülkücü bir arkadaşıdır. Ayşe, Yazar neyi oku demişse onu okumuştur, ikisi de din kardeşliğini gurup ve parti kardeşliğine tercih etmişlerdir.

Yol boyu sohbet ederler. Yazar bol bol fotoğraf çeker. Yine ilahiler okunur, fıkralar anlatılır, dini bilgiler konuşulur, bazen aşır okunur. Brüksel'den Şarlova'ya doğru yol alınır.

Yazar sorar Nadire'ye:

— Nadire, hemen yarın günlüğünü bana veriyorsun. Artık bekleyemem. Okumam lazım.

— Hocam ya, ben o günlüğün çoğunu ondört yaşımda iken yazdım. Bir kısmını sonra, ordan ne çıkaracaksın ki? Her genç kızın günlüğü gibi birşey.

— Olur mu öyle şey, sen o yaşta, hem de daha televizyon yok. Sen günlük yazıyorsun ve o günlük bu güne kadar saklanıyor. Bence bu çok önemli.

Havva Hoca sorar:

— Hocam benim romanım ne zaman yazılacak?

— Kurada Nadire'ninkini önce yaz, çıktı. Kısmetse seninkini sonra yazarım. Ama tarih veremem.

— Tamam Hocam, sen bilirsin.

Ayşe Özbay:

— Benim romanımı yazacak mısın hocam?

— Düşündüm, ama senin öykünü yazacağım. Romanını yazarsam, kızlar evlenmekten ürkebilir. Roman tehlikeyi haber vermeli, ama ürkütmemeli. O yüzden geri adım attım canım.

— Tamam sen bilirsin hocam.

Yiğitliğin aşısı,

çocuk küçükken yapılır.

II Bölüm

Birikim

Nadire, elindeki kırmızı kalplı hatıra defterini uzatır, Yazara:

— Buyur hocam. Aldığım notlar. Ama burda hatıralarımın binde biri ancak vardır. "Olsun" diyorsan buyur.

— Evet, olsun, diyorum. Teşekkür ediyorum.

Yazar not defterini alır. Bu yürekli kadının yüreğini o not defterinde bulacağına inanarak, odasına çekilir. Hatıra defterini açar. İlk sayfasında "Hatıra defteri Nadire" yazmaktadır. Bir tomurcuğu olan iki gülüm arasında, birbirlerine bakan muhabbet kuşu resmi vardır. İkinci sayfada ise, "Bismillahirrahmanirrahim" yazılıdır. Yazar, o yaşta, anılarına besmele ile başlamanın ne kadar önemli olduğunun üzerinde durur. Biraz düşünür. Besmelenin altına şunlar yazılıdır.

"Bu deftere yazdığım hatıralar benimdir. Hayatımdandır ve ebedi unutulmaz hatıralar. Unutulmaz, çünkü kendim yazıyorum, emek vererek yazıyorum.

Kılbasan Kasabası Karaman Konya.

Yazılış yeri Belçika.

Yılı 1978."

* * *

Üçüncü sayfada ön söz vardır.

Ve şöyle başlamaktadır ön söz:

"Bu defterin ismi, *Yaşadığım Anılar,* olacak. Çocukluğumdan bu yana, başımdan geçenleri sıralayacağım. Yedi yaşından beri hatırladıklarımı yazacağım. Biliyorum ki, günler ilerledikçe, ömürler geçiyor, geçen günler unutuluyor. Çocukluğumdan beri bir hatıra defterim olsun, istedim. Bu satırları Belçika'da okulda yazıyorum. Daha yeni başladım okula, yazımın çirkin olduğuna bakmayın. Tahsil görmüş değilim ilk okul mezunuyum. Elimden geldiği kadar güzel yazmaya çalışıyorum. Yazım güzel değil, ama o kadar da önemli değil,

Nasıl olsa bir gün,

Yaşlı genç,

Bebek ihtiyar,

Hepimiz öleceğiz.

Hem de mutlaka,

Öleceğiz ama geç ama erken...

Ne zaman öleceğimizi tabi sahibimiz Yüce Mevla'dan

başka kimse bilmez, canımızı o verdi o alacaktır. Yüce Mevlaya hiç bir zaman itiraz edemeyiz. Allah'ım cümlemize uzun ömürler versin. Şayet bir gün ölürsem elbette öleceğim, ama kendim öldüğüm gibi, rica ederim, yazılarım ve defterim ölmesin. Beni sevenler ve sayanlar saklasın.

Bir zamanlar yaşayanın hatırası diye, ve yine tekrar tekrar rica ederim sakın atmayın... Kendim ölürsem yazılarıma bakarak hatırlayın. Bu defter yere düşerse.

Alın şu defterimi yerde kalmasın.

Koparmayın yaprağını eksik olmasın.

Beni bunu sevmeyen eline almasın.

Genç bir insanım yoktur kaderim.

Bu dünya fanidir ben de vefat ederim.

Bu defterimi saklayana candan ve kalbimle.

ÇOK ÇOK TEŞEKKÜR EDERİM...

NADİRE."

Yazar, o yaşta, böylesine derin bir ölüm rabıtası kurabilen Nadire'ye şaşırmıştır. Devam eder kırmızı defteri okumaya.

"Ailem

Önce ailemi yazayım.

Bir numara canım babacığım. Adı Ali İki numara canım biricik anneciğim adı Fatma, en büyük ablam Bitanem Katibe, canım biriciğim Hanım, sevgili ağebeyim İbrahim, çok sevdiğim ablam Rukiye. Benim peşimden canım Mehmet ve sonumuz Bitanem Hüdaverdi.Onları çok seviyorum.Eğer beni dövselerdi, ben şimdi korkak, silik kişiliksiz bir sünepe olurdum.

İlk okul dönemi 1968, o zaman tam yedi yaşında idim. İlk okul birinci sınıftaydım okula arkadaşlarımla yeni başladım. Seve seve gidip geliyorum, ne de olsa tabii ki çocuktuk. Arkadaşlarla dövüşür bağrışır ve tekrar barışır oynarız. Tabi her çocuk gibi biraz yaramazlık bende de bulunuyordu. Her gün okuldan gelince çantayı havaya atıp oynamaya gidiyordum ve arkadaşlarla topraklara çamurlara nere denk gelirse ismimizi yazıyorduk. Arkadaşlarla toplanıp derslerimizi yapıyorduk. Sabahtan saat 8'de kalkıp okula gidiyordum bir gün yaramazlığımızın yüzünden okulda dayağı yedik geldik. Avluya girdim anam mutfakta yemek yapıyor, daha pişmemiş yanına vardım. Ben okuldan geldim karnım aç, ille de o yemekten yiyeceğim ille de ondan. Anam kızım bu pişmedi biraz sonra gel vereyim ye dedi.

Annem, uzun boylu, kumral, ceylan bakışlı bir kadındı. Yalanı hiç bilmez, dürüst ve harika bir anneydi. Babam Belçika'daydı. Annem silah belinde gezerdi. Çocuklarına da tam örnek bir anneydi.

Bir gün nedense inadım tuttu, pişmemiş yemeği illa yiyeceğim, diye tepiniyorum. Anacağızım ne dediyse hiç birini dinlemedim. Tutturdum, o yemekten şimdi yiyeceğim, diye. Dediğimden hiç dönmüyorum... Kızım, dedi olmadı, yavrum, dedi olmadı, kızdı, olmadı. Ben şalvarından tuttum asılıyorum ille de şimdi, diye. Sonunda sabrı kalmadı. Kolay kolay beni dövmeyen annem o gün feci sinirlendi, beni kovaladı. Ben de kaçtım. Başka anne olsa yakalar iyice bir döverdi. Ama benim biricik annem, çok aşırı sabreder, kolay kolay dövmezdi.

Kaçtım ya hemen arkadaşlarla oyuna dalmışım. Açlığı unutmuşum. Arkadaşlarla epeyi oynadık. Sen hile ediyon ben hile ediyorum, derken düvüştük. Ve o zaman benim de açlık aklıma geldi, vakit ikindiyi geçmişti. Eve gidiyorken, dövüştüğüm çocuğa bir taş atıp koşar adımlarla kaçtım. Hemen eve geldim. Gördümki yemek hem pişmiş hem soğumuş bile. Baskın çıkma güdüsüyle anneme, "babam gelsin seni ona diyecem, bize ekmek vermez, diyecem" dedim. Halbuki ekmek vermediğinden değil ben oyundan açlığı unuttuğum için eve gelmedim. Anam da sesini çıkarmadan, yemeğimi koyuverdi önüme. Ben yemek yerken annem de un elemeye gitti.

Evin avlusunda, duvara sırtımı vermiş ekmeği yerken bir de ne göreyim, bizim inek arka kapıdan hızla girdiği gibi bana saldırdı. Hayvan beni öldürmeye çalışıyor adeta. Attığım çığlığı duyan annem hemen yetişti ve beni elimden tutup kaldırdı. İneği ahıra bağladı. Ben korkumdan ekmeği de açlığı da unuttum, durmadan ağlıyorum. Anam, sus yavrum ben ona deynek vurdum. Ben onu döverim ona saman dökmem demesine rağmen ben ağlamayı kesmedim...

Ben ağlarken saat ilerlemiş hava iyice kararmıştı. Oturup hep beraber yemeğimizi yedik.

Hâlâ aklıma gelince şaşıyorum, inek benden ne istedi. Daha önce öyle yapmazdı, hayvan değil mi işte ne yapacağı bilinmiyor. Yoksa kuduz mu olmuştu diyeceğim, ama kuduz olsa anam anlardı. Velhasıl o ineğin sırrı onunla gitti.

Bazen diyorum ki, acaba annemin canını çok yaktım o gün, Allah bana ineği musallat mı etti? Çocuklardan hesap sormaz Allah, bu doğru. Ama benim aklım, beden yaşımdan çok daha büyüktü. Neyse, dediğim gibi, inek sırrıyla gitti. Öteki dünyada ne olduğunu öğreneceğim.

* * *

Babam 1965 senesinde Avrupa'ya gitmiş. Tabii babam Avrupa'ya gittiğinde ben üç yaşındaymışım. Babam senede bir gelir gidermiş. Ben bilmiyorum.

Aradan yıllar geçmiş ben okula başlamıştım. 1. sınıf bitmiş yaz tatiline girmiştik. Ve Pekiyi ile geçmiştim sınıfı.

Babamın izin günü yaklaştı. Ve ben babamın gelmesinden çok ona göstereceğim karnenin derdine düşmüştüm. Günler yıl gibi geliyordu bana. Ve babam Temmuz ayında izine geldi.

Hemen babamın dizine oturup sınıfı pekiyi ile geçtiğimi söyledim. Bunu söylerken de babama sarılmış durumdayım.

O gün akşam babamın getirdiği bavullara bakacağız

ve ablamgil bavulları getirdiler, herkes hediyesini aldı. Bende hediyemi aldım. Bana ayrıca bir de kırmızı pantolon çıktı. O zamanlar kırmızıyı çok severdim, sanki dünyalar benim oldu. Hemen sabah olsun diye erkenden yattım. Sabah erkenden kalkıp kırmızı pantolon ve diğer hediyelerimin bir kısmını giydim. Hemen dışarı çıkıp arkadaşlara gösterdim...

Artık bizim tatil bitti. Babamın da 45 günlük izni bitti. Babam bizden ayrılıkren, "ananızın lafına bakın, o nederse yapın, sakın ananızı üzmeyin haa! Eğer üzerseniz size çok kırılırım, çok kızarım. Ananız gibi ana yok, sizin ananız dünyanın en iyi anası." diye tembih etti. Baba böyle söyleyince o çocuk anasına daha çok değer veriyor.

Babaların hepsi böyle söylese çok iyi olacak, ama söylemiyorlar işte. Ben okula, babam Avrupa'ya gitti. Yine aynı hasretlik babam omzumuza çöktü adeta. Her gün postahaneye gide gele yol oldu bize. Babamdan mektup bekliyoruz. O zaman Mehmet'le Hüdaver yoktu. Beş kardeş birde ana, birbirimizi avutuyoruz. Günler geçiyor. Ben birinci sınıfa giderken Rukiye abam üçüncü sınıfa gidiyordu... Günlerimiz çok güzel geçiyordu. Geçelim ikinci bölüme arka sayfaya."

Yazar, satır aralarında, Nadire'yi Nadire yapan parçaları arar. Burada, babanın ilgisini de bulmuştur. Bir babanın çocuğuna: "Senin başarın beni çok memnun ediyor. Ben her zaman seninle ilgiliyim" mesajını vermeliydi. Ve Ali Bey de bunu yapmıştır. Yazar hatıraları okumaya devam eder.

"Sene 1969. İkinci sınıfa gidiyorum. Derslerime çalışıyorum. Hevesli hevesli babama mektuplar yazıyorum. Birazcık okumayı yazmayı belledik ya, okuyorum, anama okuyuveriyorum, yazdıklarımı babama gönderiyoruz.

Kardeşim Mehmet 1967 senesinde dünyaya geldi. Onu avutuyorum, onunla oynuyorum, böyle böyle günler geçiyor. Babam senede bir izine geliyor, ben sınıfları birer birer geçiyorum. Okullar tatil olunca Kur'an'a gönderiyorlar, fakat ben okula tekrar başlayınca her şeyi unutuyorum. Öğrendiklerim orda kalıyor. Böyle böyle beşinci sınıfa geldim. Bu beş yılda iki öğretmen değiştirdim. Birinci ve ikinci sınıfta Sadi Güllü isimli bir erkek öğretmenimiz vardı. Birgün mektup yazmakla alakalı ders gördük. Herkes birilerine mektup yazacaktı. Ben de babama yazdım ve birinci oldum. Bu mektubu öğretmen babama göndermiş, "kızın okul birincisi oldu, onunla gurur duyabilirsin" demiş. Babacığım yazı bilmediği için arkadaşına okutmuş ve duygulanmış, ağlamış... Öğretmenim çok iyi biriydi, beni çok severdi. Şimdi anlıyorum ki, her öğrencisine en çok onu seviyorumuş duygusu veren usta bir öğretmenmiş.

Ben üçüncü sınıfı geçtiğimde onun tayini başka yere çıkmıştı.

Sekiz yaşında iken traktörümüz vardı, nasıl öğrendimse onu kullanmayı öğrendim. Herkes şaşıyordu. Bir amca vardı o beni ne zaman traktör kullanırken görse kızıyor bağırıyordu, o neydi bilmiyorum. Babam geldi, onun yanında da bağırdı, "in traktörden" dedi, deli mi neydi adam, sanane be! Demek ki kendi kullanamayınca beni engellemeye çalıştı, kıskandı. Babam izine gelmişti, onun yanında yine bağırdı, "in traktörden, bacak kadar boyunla sen kimsin de traktör kullanıyorsun?" dedi. Babam ona bir kızdı; "Sana ne arkadaş! Çocuk benim, traktör benim. Ben, evladım becerikli olsun istiyorum, yasak koymuyorum! Sana ne oluyor." Hay ağzına sağlık babacığım. Demek ki annem de babam da bana cesaret vermişler. Zaten anne baba cesaret vermezse çocuk herhalde pısırık olur. Benim anam da çok yüreklendirirdi beni.

Öteki kardeşlerim benim gibi her şeye burunlarını sokmazlardı. Şu da var ki, eğer anam babam yaptığım her şeye 'yapma' deselerdi benim zekam ilerlemezdi. Benim anam babam gibisi yok ya!

Babam uzakta, ama beni ve kardeşlerimi takipte ve takip ettiğini hissettiriyordu! Baba böyle olur işte. Ve ben üçüncü sınıfa geçtim. Giden öğretmenimin yerine Kamuran Karaköse isminde bir kadın öğretmen geldi ve bizi okutmaya başladı. Şansımızdan çok iyi idi. Üçü dördü beşi o okuttu ve şimdi beşinci sınıfı da bitirmek üzereyiz.

İmtihanlar başladı ve on günlük imtihanlardan sonra diplomayı aldık.

Okulu bitirdikten sonra müdür bize sordu, orta okula gelecek misiniz, diye. Ve biz de geleceğiz diyerek ayrıldık. Ben de orta okula gitmesini istiyordum, ama anam göndermedi öğretmenlerim çok istedi ve ısrar ettiler ama anam dediğinden dönmedi.

Beni orta okula göndermedi. Artık koca kız oldun.

Başınız açık okutamam. Orta okulda başını da kapattırmazlar, onun için sen ilk okuldan başka okuyamazsın, dedi anam. Nederse o olurdu. Çok istediğim halde okuyamadım. Anam beni götürüp Kur'an kursuna yazdırdı ve oraya başladık. Şevki Çekin isimli bir erkek hoca okutmaya başladı. Çok sinirli idi. Sabah öğlen hergün gidip geliyorduk. Orada bir iki ay geçti. Ben o zamana kadar hala elif cüzündeydim. İki ay sonra Kur'an'a geçtim, çok sevinçliydim. Ve her gün çalışırdık, çalışmadığımız zaman dayak var. Böyle böyle bir gün gaf dedik. Bir gün yasin dedik, bir gün cümle alem içinde Allah rızası için camide hatime indik. Biz hatime inmeden bir gün evvel Allah Rahmet eylesin Halamın kocası ölmüştü.

Sene 1973 ve hayırlısıyla hatimi de indik. Şimdi evde bazen Kur'an okuyoruz bazen geziyoruz. Kur'an kursu 2 ay sonra tekrar açıldı. Ve anam yine Kur'an'a gitmemi söyledi. Ben de gitmek istiyordum ama o hoca gitmişti. Yine başladık Kur'an'a. Yeni hoca gelmişti, Hasan Korkmaz isimli. O da çok iyiydi. Bir sene daha geçti. 1974 senesine girdik okuya okuya. Yine camide Allah rızası için ikinci olarak hatim indik. İlk hatime indiğimde anam ve babam bana hediye olarak bir saat aldılar. İkinci hatimde üç altın bilezik aldılar.

Ana baba böyle, ilgilendiği vakit çocuğa cesaret geliyor, çocuk arkasında bir ordu var sanıyor. Birçok şeyler hatıra kaldı. Tabii günler geçe geçe 1975 senesine girdik."

Yazar, Nadire'nin küçük yaşta Kur'an ile tanıştırılmasını, hatim indirmesinden dolayı heyecan tadacak ortam hazırlamalarını okuyunca, çocukluk günlerine gitti aklı. Bir butikte çıraktı Yazar. Ayşecik (Zeynep Değirmencioğlu) bir film için o butikten giyiniyordu. Ayşecik butiğin kasasıyla oynarken, bir müşteri içeri girmiştir. Elindeki gazetede genç bir erkeğin namaz kılarken çekilmiş resmi vardı. Bir başka kadın müşteri hiddetle gazeteyi ortadan kaldırıp, "Aman Ayşecik görmesin. Çağdaş beyinli yavrumuzun beynine dini motif sokulmasın." demişti. Çok şükür ki, köylerde bile çocuğun beynine dini motifleri işleyenler çoktu çok şükür. Yazar bunları düşünürken Nadire gelir:

— Nasıl Hocam, anılarımı beğendin mi?

— Anı değil, Hatıra. İki üç ipucu buldum anılarında.

— Yani beğendiğin yerler oldu mu? Ya doğru söyle Hocam beğendin mi?

— Nedire!

— Efendim Hocam.

— Bana geyik sorusu sorma.

— Geyik sorusu nasıl bir şey Hocam?

— Geyik, geyik arkadaşına, "Ot sever misin?" demiş ya.

Güler Nadire:

— Ben geyik sorusu bilmem Hocam. Ben benim sorumu bilirim.

Yazarla Nadire gülerler. Nadire gider, Yazar Hatıra defterini okumaya devam eder:

"Ve köyümüze dikiş nakış kursu açıldı. Gönüllü olarak anamdan izin istedim ve dikiş nakış kursuna başladım. Ümmü Günay isminde bir kadın çalıştırıyordu. Ve tam otuz tane kız olduk. Günden güne bir ikisi gelmeye gelmeye on altı kız arkadaşım kaldı. Kurs kapanıncaya kadar geleceğimize söz verdik ve devamlı gitmeye başladık. Bu arada, arkadaşlarımın isimlerini de söyleyeyim: Ayşe avcı, Ayşe Orhan, Eşe Yaşar, Emine Demir, Ayşe Akdağ, Nermin Kara, Ümüş Dülger, Sultan Topal, soy isimleri unuttuklarım Ormancının küçük kız, Topal Mehmet Eminin büyük ve küçük kızları, Koca Dudağın Arfe. Nimet Okur Şadan Taban ve ben. Bu arada, soyadlar ve lakaplar çocukları utandıracak türden olmamalı.

Bu arkadaşlar ve hoca birlikte devam ediyoruz. Hocanın evi Karaman'daydı. Ordan gidip gelir. Her gün sabahtan akşama kadar altı ay devam ettik. Ondan sonra bizim sergi günü yaklaştı. Kafamızın sardığı arkadaşlarla kendi aramızda gruplara ayrilmıştık ve günümüz yaklaşınca bu yedi arkadaşla aramızda anlaştık sergimiz açılıncaya kadar birbirimizin yardımcısı olacağız."

Yazar, çocuklara sosyal aktivite vermenin faydasına inandığından, Nadire'nin iş kadınlığındaki başarıyı biraz da ilk okul dönemindeki aktivite ile ilişkilendirmiştir.

Yazar merakla okumaya devam eder:

"İşlerimizi yapıp sergiye yetiştirdik. Büyük bir odada yaptığımız eşyaları sergiledik. Kursa giden arkadaşların annelerinin hazırladığı yemekler de geldi. Köyün reisi koyun kestirmişti."

Yazar, Nadire'de bir erdem daha fark eder. Başarılı, ama sevilen insanlarda birşey gözlemiştir Yazar, Nadire çok kadirşinas ve vefalı biridir. Zaten öyle olmasa böyle sevilemezdi. Çünkü, Allah nankör kullarını sevdirmiyordu. Tıpkı cimrileri sevdirmediği gibi.

Bir yerinde şöyle bir söz geçer anılarında: "Annem ustalıkla bizi takip eder, olumsuz bir şey yaptıksa ismimizi vermeden, bazıları şöyle şöyle yapar. Onu aile olmayanlar yapabilir. Ama biz aileyiz ve siz asla öyle şey yapmazsınız."

Okul müdürünün ve öğretmenin geniş ufuklu olması çok önemli. Öğrencilerinin zihninde onun terbiyesini bozmadan iz bırakmak çok önemliydi. Nadire en küçük detayları bile yazmıştı. Bunlar çocuk zihnini açmaya, sosyal gelişimi sağlamaya yarayan sebeplerdi.

Konuyla ilgili de yazmıştır Nadire:

"Çok kalabalıktı bir yemek hazırlandı ve o günün sabahı hepimiz sergi elbiselerimizi giydik. Karaman'dan ve Konya'dan gelecek olan misafirleri bekledik, beklediklerimiz geldi. Bir büyük otobüs ve iki dolmuş Karaman'dan geldiler. Üç taksi Konya'dan geldiler. Bu gelenler görevli kişiler. Karaman'dan gelen otobüsün tümü talebe doluydu. Gelen talebeler, talebe kıyafetleriyle gelmişlerdi. Talebelerle birlikte yürüyüş halinde köyü dolaştık ve sergi binasının kapısının önüne geldik. Kapının önünde bütün köylü toplanmış ve bizi bekliyorlarmış. Biz de geldik kapıya. Sergi serdiğimiz odanın kapısına kurdela bağlamışlar. Sırasıyla, İstiklal marşı, sunum, tanıtım konuşmaları devam etti. Çocukların yaptığı işe büyüklerin ilgi gösterip gelmeleri ne kadar güzel bir şey.

Çocukları elde tutmanın yolu olsa gerek bunlar. Görevli olarak gelen adamlar ve köy reisi, köylüye konuşma yaptılar ve bize, yani on beş arkadaşa belgelerimizi verdiler. Hepimizin isimlerini okuyarak verdiler belgeleri ve biz de ellerini öperek aldık.

Şimdi o günlere dönmek isterim, ama imkan yok. Ve heyecan içerisinde kapının kurdelasını keserek salona girdik. Hepimiz yerlerimize geçtik ve köylülerimiz yaptığımız işlere baktılar. Gelenlere yemek verdik, köyümüzü gezdirdik derken, Çoğlu köyümüzün kurs öğrencileri geldi elimizden geldiği kadar onları da ağırladık. Hep beraber şenliğimizi yaptık.

Köylülerimiz üç gün boyunca gelip sergimizi ziyaret ettiler. Ve dördüncü günü bir minibüs tutarak eşyalarımızın içinde fotoğraf çekinerek eşyalarımızı topladık. Minibüsü beklerken keyifle şakalaşıyorduk. Ve minübüs geldi. Eşyalarımızı arabaya attık ve köyümüzün yakınında bulunan Dinek köyüne gittik. Orada bir okula eşyalarımızı serdik, Dineklilere haber verildi. Onlar da geldiler, baktılar eşyalara. Öğlen yemeğini hep beraber yedik. Okul müdürü ısrar etti, ille de, Hoca Hanım sizinkilerle bizimkiler top oynasın dedi. Hangi taraf yenilecek bir bakalım, dedi. Bizde istedik. Oynadık. Tabi ki biz yendik, tekrar oynayalım diye ısrar ettiler. O arada bizim de köyümüzden minibüs geldi. Zaten akşam olmak üzereydi hemen eşyalarımızı topladık. Köyümüze döndük. Bir gün sonra bir motor tutarak hocanın eşyalarını motora atıp Karaman'daki ismini unuttuğum okulun birine bıraktık ve köye döndük. Arkadaşlardan ve hocadan ayrılmak çok zor oldu.

Arkadaşları düğünlerde görürüz, ama hocayı göremeyiz dedik. Düşünerek ayrıldık. Bir hafta sonra hoca köye geldi. Topluca Çoğlu köyüne sergiye bakmaya gittik. Orda da mutlu bir gün geçirdik.

Hoca, inşallah gelecek yıl da hep beraber buraya yine kurs açıp çalışacağız, dedi. O gidiş o görüşme son oldu. Hele hele bana çok dokundu. Hocamız beni çok ama çok severdi.

Altı aylık süre içerisinde birbirimizi birbirimizi hiç kırmadık. İyi insanı herkes sever. Hepimizin sevgisi ona yansımıştı. Çok alışmıştık. Ama yaşadıkça her şey oluyor, herkesin hasreti yudumlanıyor. Hoca'dan ayrılınca dayanamayıp hemen bir mektup yazdım gönderdim, ama ne yazık ki karşılığını alamadım.

Babam gelmişti. Bize Avrupa'ya götüreceğini söyledi. Anam gitmem diyordu. Ama nasipte Belçika'ya gitmek varmış. Gitmek için hazırlığa başladık. Ama benim nüfus cüzdanım kayboldu. O zaman aklıma geldi ki benim nüfus cüzdanım hocamda idi. Ve Karaman'a gittik. Hocamın evine vardık, hocam yokmuş, Fransa'ya gitmiş oğlan kardeşinden nüfus cüzdanımı alarak işlemlere başladık ve bitirdik.

Günler çabuk geçti. Bizim yolculuk günü gelmişti. Yola çıktık. Bizi götüren babamın arkadaşıydı. Bizim kasabalı idi. Şoförün kızı da benim arkadaşımdı. İki aileydik. Onlar ve biz. Köyümüze gelir giderlerdi, ama bilsem de fazla tanımıyordum. Minibüste birbirimizi güldürerek ve şakalaşarak Belçika'ya geldik.

* * *

Yazar düşünüyordu.

Seven erkeklerde Nadire kadar yürek olsa, herkes sevdiğine kavuşurdu da onca genç kız onca kadın gözyaşı dökmezdi. Kötüydü sevmek... Özellikle aşık olmak zordu. Net tarifi yoktu aşkın. O öyle bir şeydi ki, nasıl bir enerji olduğu da bulunamıyordu. Aşık olmayı herkes başka başka tanımlıyordu. Kimi, aklın baştan gidişi, diyordu, kimi delilik, kimi sarhoşluk, kimi bir ömürboyu ateş, kimi işkence ve bunun gibi... Binlerce tanımı vardı aşkın.

Burada bir nokta Yazarın dikkatini çekmişti. Nadire, son anda bile Rafet'in kötü olduğuna dair bir şey duydunuz mu, diye herkese sorduğu gibi annesine de soruyordu. İşte akıllı genç kız böyle olurdu. Nadire yıllar sonra kocası hakkında şunları söyleyecekti: "Rafet, tahmin ettiğimden çok daha iyi bir insan çıktı. Bana çok değer verdi ve değer verdiğini bana hissettirdi. Rüya gibi bir hayattı. Hâlâ mutluluğumuz Allah'a şükür devam ediyor.

* * *

1976 senesi, onuncu ayın birinde Belçika'ya ayağımızı bastık. Ve biz ablamıza ağabeyimize kavuştuk. Hoşbeşten sonra onlar evlerine ve biz evimize ayrıldık. Evlerimizin onlara fazla uzak olmadığını söylediler. Haa, bu arada, yolculuk yaptığım Meryem isimli arkadaşı çok sevdim.

Aradan bir iki hafta geçti, ben okula yazıldım. Babamın arkadaşlarından aileleri olanlar aileleriyle, aileleri olmayanlar yalnız geliyorlardı. Benim arkadaşlarım da çoğaldı. Ben okula devam ediyordum, insanlarla çok çabuk kaynaşıyordum. Biraz biraz arkadaşlara ve buranın düzenine alışmaya başladım. Okula ilk başladığımda arkadaş olarak sadece Meryem'i biliyordum. Günler geçti arkadaşlar çoğaldı ve sevgiler değişmedi. Ve böyle böyle Türkiye'dekilerle mektuplaşarak günleri geçirdik.

Meryem'e otuz iki farzı öğrettim. Bir arkadaşım benden gördü namaza başladı. Önceleri çok kızmıştı, genç yaşta namaz olur mu, gerici misin? diye. Sonra kendi de namaza başladı. Bir ikindi namazında, annesi geliyor sanmış üç kere namazı mozmuş, annesinden utandığı için... Onüç yaşımda bunları nasıl başarmışım bilmiyorum.

Ayşe Avcı'yla devamlı mektuplaşmaya başladık.

Bir taraftan okula giderken, cumartesi ve pazar günleri de Kur'an'a gitmeye başladım. Burda da hatim indirdim.

Günler böyle böyle geçerken 1977 yılına girdik. Bu arada, burdaki okul arkadaşlarımın da adlarını yazayım: Meryem Yaşar, Kasabalı Nuriye Atıcı, İrisıralı Ayşe Arlı, İrisıralı Fatma, Uğurlu Kamile, Uğurlu Soğla Macırlı, Mediha Kara, bizim köylü Emel, Karamanlı Münevver, İrisıralı Bahar: Karslı Servet, Kayserili Hafize, Trabzonlu Semiha, Sivaslı Rabia Şahin. Bu arkadaşlar ve ben bir okulda idik. Yedinci ay geldi okullar tatil oldu. Ağamgil

Hammen, Ablamgil Rukiye, anam babam ve Hüdaverdi izine Türkiye'ye gittiler. Ben Mehmet'le birlikte Katibe ablamın yanında kaldık. Ağamgille Hammen ablamgil memleketten geldi ama annemgil gelmedi. Annemgil kırk beş gün sonra gelecekti.

Şükür onlar da sağsalim geldi. Onlar gelmeden ben okula başlamıştım. Aynı arkadaşlarla beraberiz. Bir kaç yeni arkadaş daha gelmişler.

Zaman sonra arkadaşım Meryem'i kendi köylüsü ve akrabasına nişanladık. Trabzonlu Hafize'yi de nişanladık. Bizim köylü Mediha'yı nişanladık, Rabia'yı izinde nişanladılar, yine hep beraber okula devam ediyoruz. Tabi, ben küçük yaşta nişanlandılar diye çok kızdım.

1977 senesine ait unuttuğum bir hatıramı da yazacağım. 77 sesinin 2. ayında karnım yavaş yavaş ağrımaya başladı. Önceden de ağrıyordu ve son iki ayda daha sık ağrımaya başladı. Doktor çağırdık muayene etti ve apandisit olduğumu ve hastaneye yatmamı söyledi. Ağrı daha çok fazlalaşınca mecbur kalıp 2. ayın yirmi ikisinde Belçika'da hastaneye yattım. 2. katta 24 numaralı odadaydım. O acıya da katlandım. Allah'ım bir daha göstermesin inşallah. 9 gün yatıp 10. gün çıktık. 2. ayın 22'sinde girdim. 3. ayın birinde sağsalim çıktım. Sağ olan her şeyi unutuyor tabii. Bıçak yarasını da unuttuk. Ve şimdi ameliyat olalı bir seneyi geçti.

* * *

1978. Zaman 3. ayın 14'üne geldi. Şimdi okula gidiyoruz. Ve okula gelmeyen birkaç arkadaşla bir hatıra defteri yapalım diye karar verip hatıra defteri üzerine bir kaç arkadaş hep beraber çalışmaya başladık. Başımızdan geçenleri yazdıktan sonra şiir yazmaya başlıyoruz arkadaşlar arasında. Seçtiğimiz ve hoşumuza gidenleri ebedi hatıra kalması için kaleme alıyoruz. İnşallah ebedi hatıra kalır. Arkadaşlarımın yazıları da var hatıra defterimde. Ben ölürsem arkadaşlarımın ve kendi yazılarımın, koparılmadan beni sevenler ve sayanlar tarafından saklanmasını isterim. Sevenlerim belki, bir zamanlar yaşayanların hatırası, diye saklarlar burda. Bu çirkin yazılarımızı saklayana sonsuz selam ve sevgilerimizi sunar, ömür boyu mutlu günlerde mesut olarak yaşamalarını dilerim.

Ben Nadire.

Sene 1978'in 14 Mart salı günü. Şiire başlıyorum.

Arkadaşlarla okula gidip geliyorum. Günler birbirini kovalıyor. Böylelikle okulun sonu geldi. İzine gidecek olanlar izin hazırlıklarına başladı. Üçe ve altıncı ayın yirmi dokuzunda Wolkswogen minibüsle abimle beraber annem babam ailecek izine çıktık. Üç arkadaş, üç minibüs... Yolculuğuz öyle güzel geçti ki anlatamam. Arkadaşım Nuriye ile hep aynı minibüsle gittik. Ve üç gün sonra iki senedir özlemini çektiğim Türkiye'me vardık. Öylesine neşeli öylesine mutluyduk ki anlatması imkansız. Akrabalarıma bilhassa halamın kızı Emine'ye kavuşmuştum. Ve annemgil kesin dönüş yapmıştı. Bir daha Belçika'ya gelmeyeceklerdi. Bence tüm aileler çocuklarına mutlu günler göstermeleri lazım. Bir ana baba çocuklarının arkadaşları olmalı. Ana-baba ve birileri tarafından sevildiğini anlaması çocuklara güven veriyor.

15 yaşında idim. Evlenmeyi hiç düşünmüyordum, 'daha küçüğüm' diyordum. Belçika'da arkadaşlarla hep tartışırdım. 18 yaşına varmadan evlenmek isteyen arkadaşlarıma gülerdim. Ve nitekim şu anda Türkiye'de izindeyim. Halamın kızı nişanlı. En kısa zamanda düğünü olacak. Bu arada bana dünürcü geliyor ve ben hayır diyorum. Küçüğüm diyorum. Halamın kızının bir kaynı varmış, Emine ablam hep onu anlatıyordu bana. İyi bir genç olduğunu, bana layık olduğunu söyler ben de her defasında ters cevap verir hayır olmaz, ben evlenmeye gelmedim, derdim. Gece gündüz yanımda, hep onu anlatır birazda benden çekinirdi. Anladığı genci hiç görmedim. Nihayet bir gün akşam yengemle halamgile gittik. Kaynanası kaynatası ordaymış. Onlara çok kızdım.

Teyzemin kocası hep Rafet'ten yanaydı. Rafet'i araştırıyordu ve ona kimse kötü demiyordu. Kışın İstanbul'da yazın köye gelirmiş ve çok temiz ahlaklı olduğunu söylemişler. Eniştem, 'kız iyi çocukmuş seni de çok seviyor sakın kabul etmemezlik yapma.' diyordu. Onun hiç çocuğu olmadığından bizi çok severdi.

(....)

Bu arada iki birşey unuttum. Biri ablamgil, onlar önceden geldiler Belçika'ya kardeşin kardeşi özlemesi varya, o hasret yakıyor insanı. Allah'tan, annem sevgi boşluğumuzu dolduran bir anneydi. Babamız da, uzakta olmasına rağmen ilgisini kesmiyor. Ana baba böyle olacak. Ben bazı babalar görüyorum içki içiyor, akşam evine gelmiyor. Böyle babanın çocukları hep aşağılık kompleksli oluyor. Çok şükür Allah'a ben babamdan hiç utanmadım, kendimi bu yüzden hep güçlü hissetim.

Elimde imkan olsa da dünyanın bütün kardeşlerine seslensem, 'kardeşlerinizi sevdiğinizi, özleminizi bildirin' Bu bildirme olayı varya, öyle önemli ki kardeşler bunu bilse bu işe çok önem verirler. Çocuk, önem verildikçe kendisini yıkılmaz yenilemez görüyor. Böyle görünce de sonraki yıllarda hayattan korkmuyor. Ben öyle oldum.

* * *

İkincisi, bej rengi bir kumaş almak istedim. Birinde gördüm onu. Annem beni dükkan dükkan gezdirdi yok. İlla da o kumaş olacak. Anacığım iyice yoruldu. Dedi, son olarak bir dükkana daha götüreceğim, ondan sonra, ölüyorum, desen başka hiçbir yere gitmem. Annem sabreder eder, son kararını en sonunda söylerdi, o yüzden mecburdum kabul etmeye.

Son gittiğimiz mağazada o kumaşı bulduk. Çok sevinmiştim tabi. Annem günler sonra bu kumaş meselesini öğretmenime söyledi. Kızım inatçı, demek istedi herhalde, öğretmen, hayır, ne istediğini bilen bir çocuk, bu çocuk başarılı olur, dedi.

Zaten herkes benim yaramazlığımı ve becerikli olduğumu konuşuyordu. Annem erkeklerin yaptığı işlerin hemen hemen yarısını bana yaptırırdı. Meğer çocuğunun başarılı olmasını isteyenler, onlarca iş yaptırmalıymış. Anam bana, eğer o yaşta iş yaptırmasaydı, ben Avrupa'da panikler, evime çakılır kalırdım.

* * *

Beni İsteyenlerden biri Rafet ya, ben onun olduğu yere girmiyorum. Annesi çok acımasız, diyorlardı, o yüzden etkilenmişim. Bir gün Emine ablamın evine gittim. Emine abla kim var, dedim. Kaynanam var, dedi ve ben geri döndüm. Zorla gel dedi ve girdim. Evde bir erkek gördüm, kim diye sordum. Nişanlım, yani enişten, dedi. Ve girdim hepsine hoş geldiniz dedim. Nişanlısına da hoş geldiniz dedim. Oysa nişanlısı değil de kaynı imiş. Beni eve girmez diye enişten demiş. O anda eltisi, o enişten değil, deyince ben de dönüp Emine ablama kızdım. Hem de ne kızmak, dünyayı yıktım kadının başına. Rafet'in yüzüne bile bakmadım ve çıktım. Rafet'i ilk görmem böyle oldu. Yakamı bırakmadılar. Rafet hep beni istediğini söylermiş. Buna benzer bir sürü laflar. "Elti oluruz, hep beraber oluruz, çok iyi çok efendi..." buna benzer neler neler, hepsine hayır dedim.

Nasıl küçümsüyordum aşık olan kızları, geri zekalılar diyordum. El alemin çocuğuna nasıl güvenip nasıl aşık olursunuz. Beni nerdeyse rahibe gibi görenler vardı. Benim bir erkeğe gönül vereceğimi hiç kimse düşünememişti. Zaten, hele bir düşünselerdi! Fakat hiç kimse büyük konuşmamalıymış. Bir gün halamın oğlunun düğünü vardı.

Kına gecesiydi, hepimiz ordaydık. Ben kına tepsisini almaya eve girdim. Aldım hemen çıkacaktım ki elektrikler kesildi, köy yeri zaman zaman kesilirdi. Elektrik gelir gelmez aceleyle ve hızla ben evin kapısından çıktım. Ben hızlı çıkarken beni isteyen, halamın kızının kayını, o da hızla kınayı almaya gelmiş. Orda çarpıştık benim elimden kına tası ve çiçekler düştü. Bir anda ikimiz de almak için eğildik. Ve bir an göz göze geldik.

Uzun müddet birbirimize baktıktan sonra ben kendime geldim. İşte olanlar olmuştu bana, içim öyle yanmıştı ki anlatamam, uzun uzun kirpikleri, sevecen bakışlarını unutamadım. İşte o gece sabaha kadar uyuyamadım. Aman Allah'ım! Aşk dedikleri bu muydu. Bana ne olmuştu da ben böyle yanıyordum? Neydi bunun adı? Kendimi öyle kaybettim ki, komşumuz bir şey istemek için bize geldi. İstenen şeyi bana sordular, ben de 'bilmem ki nereye koydum' dedim. Çünkü aklım başımda değildi. Ne yaptığımı bilmiyordum. Bilmem, dedim diye anam, 'tabi bilmez! Düşündüğü başka şeyler...' dedi. Kız aşık anlamında konuştu. İşte ozaman delirmiştim. Çünkü bizim ailede her ne olursa olsun dışarıdan gelen hiç kimse birşey bilmezdi. Her şey evimizin içinde bir sır olarak kalır, kimseye duyurulmazdı. Bunu bize anam öğretmişti. Nasıl olurda anam başkalarına duyururdu, bunu kabullenemedim. Elimde ne vardı bilmiyorum elimdekini yere fırlattım. Yeter artık diye bağırdım ve balkondan odaya girdim.

Ağlıyorum, hıçkıra hıçkıra ağlıyorum, anam geldi. "Ağlasan da kendini öldürsen de seni ona vermeyeceğim" dedi. "Ana bana doğruyu söyle neden bana böyle yapıyorsun kötü mü tanıyorsun oğlanı" dedim. "Allah var bilmiyorum kötü diyemem" dedi. "Ama anası zalim biri, köylü bilir." dedi. "Sanki seni isteyen mi yok çok da isteyen vardı zengin olanlardan. Onlar tarla verecekti. Onlar sana huzur vermez pişman olursun vazgeç kızım" dedi. Ve bunu önceleri de defalarca söylemiş, fakat bana fayda vermemiş ve vermeyecekti de.

Annem, "Yine söylüyorum, oğlanın kötü olduğunu duymadım, kimse kötü demedi. Neden vermeyeceğimi öğrenmek istersen, Emine görümcemin kızı, ben de görümcemi sevmem. Onlar senin aklına girdi, onlara inat vermeyecem. Sebep bu!" dedi.

Anam çok dürüsttü, hiç yalan söylemezdi. "Ana tamam vermeyin, sana söz veriyorum asla kaçmayacağım. Sizi utandırmayacağım, buna vermeyin başkasına da asla vermeyeceksiniz. Allah şahidim olsun benim kararım bu!" dedim ve başımı kaldırdım bir de baktım ki kapıda babamı gördüm. Oysa bizi dinlemiş ve "bu mesele burda bitmiştir. Bu kız buraya verilecek" dedi. Bana da döndü, "seni veriyorum. Onlardan adam olmaz. Sakın ola ki bu kapıya gelme. Seni Belçika'ya da götürmeyeceğim ne halin varsa onu gör" dedi. Ve ben hemen yürüdüm kapıdan çıkarken geri dönüp, "Babacığım hiç merak etme açlığımdan ölsem, sokaklarda dilensem de asla bu kapıya gelmeyeceğim" dedim ve ordan çıktım. Neden bu kadar kararlıydım, oysa Rafet'i tanıyalı kısa zaman olmuştu. Fakat çok güven veren bir hali vardı. Hiçbir şey yapmacık değildi.

Hep dua ediyor Allah'a yalvarıyordu ne olur bizi birbirimizden ayırma diyordu. Bizim kapının önünden günde 10 kere geçerdi.

Dünürcüler defalarca geldiler defalarca kovuldular ve annesi babası, yeter artık gitmeyeceğiz, kız birtek onlarda mı var, dedikleri zaman Rafet sabaha kadar eve gitmiyor. Gece aramaya çıkıyorlar. Bakmışlar ki, bizim evin karşısında duvara yaslanmış bizim evi gözetliyor. "Neden burasın," diye sorarlar. O da, "Belki sevdiğim dışarı çıkar da, bekliyorum, der ve alıncaya kadar her gece burada bekleyeceğim" der. Ben de duyuyorum söylenenleri, aracı biri var tabi.

Bütün olup bitenleri bana yetiştiriyor. Gerçekten beni çok sevdiğinden eminim bir ara şöyle düşündüm, acaba Avrupa'ya gitmek için mi beni istiyor, diye. Hemen test etmeliydim, tercihi ben mi yoksa Avrupa mı? Rafet köylümdü, ama İstanbul'da yaşıyordu. Ona şöyle dedim, sana bir şey söylemeyi unuttum annem babam kesin dönüş yaptılar. Belçika'daki haklarını öldürdüler, biz bir daha Belçika'ya gitmeyeceğiz. Haklarımız öldü ben bu duruma çok üzülüyorum nasıl geçiniriz burda ne yaparız, dedim.

Nadire bu ne biçim söz! Ben seni Belçika için değil, para için değil, sen olduğun için, seni çok sevdiğim için, senden başka gözüm hiçbir şey görmediği için seviyorum. Sen benim ol, sen yanımda ol, hiçbir şey olmasın umrumda değil benim. Mesleğim var, gidip İstanbul'da yaşarız. Seni başıma taç ederim, yeter ki Allah'ım seni bana nasip etsin, dedi. Bak şunu iyi dinle, ben hep bunu dinliyorum

Ferdi Tayfur'dan. *Bir duamız vardı tanrıdan bizim. Birleşen ellerimiz hiç ayrılmasın, diye. Hayaller kurardık gelecek için...* bunu hem dinler hem ağlardı...

Ve bu mücadelemin sonunda beni verdiler nişanımız yapıldı. Nişandan hemen sonra ayrılık zamanı gelmiş, Belçika hazırlıklarına başlamıştık. Rafet ise, nasıl ayrılacağız, ben Belçika felan istemiyorum, ne olur sen gitme! diyordu. Bense geleceğimiz için gitmem gerektiğini anlattım, ama bana da çok zor geliyordu ayrılmak.

Gerçekten nasıl ayrılacaktık. Nasıl dayanacaktık.

Ve ayrılık günü geldi. Bizi havaalanına kadar geçirmeye geldi. Ordan ayrılmak öyle zor geldi ki. Anlatılamaz! Allah'ım sevenleri ayırmasın. Ben polis kontrolünden gerçerken sanki o donmuş kalmıştı, hiç hareket etmiyordu. Ve böylece ayrıldık. Ben ağlıyorum. Gözyaşlarımı annem babam görmesinler diye saklıyorum ve ayrılık başlamış, ben Belçika'ya gelmiştim. Annem babam, 'yazık ya! Çocuk dondu kaldı, orada yalnız kaldı' diye ona acıyorlardı. Her Allah'ın günü bir mektup geliyordu. Çünkü postaya her gün bir mektup veriyormuş. Ben ise iş aramak zorundaydım. Ve iş buldum. Abimin yardımıyla plastik fabrikasında çalışmaya başladım. Üç ay orda çalıştım ordan çıkış verdiler. Tekrar iş aradım.

Arkadaşım çok sevdiğim arkadaşım Aliye bira fabrikasında çalışıyordu. O fabrikaya gittim iş sordum. Yanıma arkadaşım da geldi beraber patronuyla konuştuk. Patron yarın gelsin çalışsın dedi. Arkadaşım sevinçten uçtu beraber çalışacağız diye o evliydi ben nişanlıydım. Ertesi gün işe gel dedi patron, ben de gittim. Sabah saat yedide, 'kusura bakma şu an seni işe alamayacağız, işçi lazım olunca seni çağırırız' dedi.

Ben eve dönerken arkadaşım gördü, Nadire nereye gidiyorsun, deyince, ben de patronun söylediğini ona anlattım ve oradan ayrıldım.

Aliye o iş yerinin gözdesiydi. Hemen arkamdan iş elbiselerini çıkarır işi bırakır. Patronun yanına varır. Mösyö ben işi bırakıyorum ben arkadaşıma yalanıcı çıktım, siz söz vermiştiniz sözünüzde durmadınız. Arkadaşım çalışmayacaksa ben de işi bırakıyorum, der. Madam biz sizden çok memnunuz siz ev geçindiriyorsunuz, yapmayın onu sonra alırız, demişse de Aliye ikna olmaz, bunlar benim umrumda değil, arkadaşım üzüldü. Patron bakar ki Aliye'ye kararlı. Tamam tamam Madame söyle arkadaşına yarın başlasın, der. Böyle arkadaş dostlar başına.

Ben de abimle kapının önüne çıktım. Otobüs geçerken baktım içinde Aliye ile eşini gördüm. Abi bak Aliye geliyor, Nadire yarın işe gel, diyecek dedim. Abim de olmaz öyle şey, adam işe almadı sabah gittik işte. Ama içimde bir his dediğimi doğruluyordu.

Çok geçmeden Aliye koşarak ve gülerek, yarın işe geliyorsun, çalışacaksın, dedi ve seninle çalışmak çok güzel olacak diye her ikimizde sevinçten uçtuk sanki. Ve ertesi günü işe başladım arkadaşım açıktı. İslâmiyet'ten hiçbir şey bilmiyordu. Bense bir şeyler biliyordum. Kendimce bildiklerimi her gün Aliye'ye anlatıyordum. Hz. Yusuf'u, Hz. İbrahim'i, Hz. İsmail'i bütün peygamberlerden ve

Peygamberimizi... Öyle bir gıpta ederek dinliyordu ki her gün bir şey öğreniyordu. Ertesi günü iple çekiyordum ve işe başlar başlamaz, senin işini de ben yapacağım, ama sen anlat, diyordu.

Aliye bir candı. Ben çok zayıftım, bira kasalarını kaldıramazdım o kaldırır ve bana kaldırtmazdı. Dostluğu sağlam ve çok kaliteli bir karakteri vardı ve çok geçmeden Aliye kapandı. Aliye İslâm'ı öğrenme yoluna girdi şükürler olsun.

28. 6. 1979 tarihinde cuma günü saat 2'de arabamla yola çıktık. Şimdi üç dört günlük bir yolumuz vardı. Nişanlım bizi Edirne'de karşılamak istedi ama ayıp olur diye istemedik. Ve nihayet yol bitti köye vardık. Dünyalar benim olmuştu. Anama, babama, kardeşlerime, arkadaşıma kavuşmuştum. Ümmü Gülsüm hemen gelmişti, kavuşmuştuk. Öyle samimiydi ki duyar duymaz hemen gelmişti. Hepsi gelmiş, ama nişanlım yoktu. Tarlaya biçerin yanına gitmiş geldiğimizden haberi yoktu. Daha sonra o da geldi bana hoş geldin, dedi hal hatır sordu ve babamın yanına gitti.

Bir arada kalmıyorduk hemen düğün hazırlıklarına başlandı.

19. 7. 1979 Perşembe günü kına yakıldı. Ve düğün başladı.

İki gün devam etti.

22. 7. 1979 Pazar günü gelin çıktım. Ondan sonra bir ay Türkiye'de kaldık.

Günlerimiz mutluluk içinde geçti. Çok mutluyduk.

Belçika'ya geldik. Geldiğimizde, kanun çıkmış, dediler, işçi olmak zorlaşıyor, dediler. Tabi bir hafta evvel geleydiniz bu kanuna dahil değildiniz, dediler. Türkiye'de işlerimiz aksi gitti, Rafet pasaportu geç aldı, onun için Belçika'ya geç gelindi.

İşlerimiz hep zorlaştı izinli gitmiştik işyerinden geç geldiğimiz için çıkışım verildi. Çıkan kanunda ya beş senelik oturum olacak ya da iki sene devamlı çalışmış olacaktın. Benimse çıkışım verildi. Oturumum ise senelikti. Rafet'e permiyi yani iş kartını vermeyeceklerdi. İlle de çalışacaksın dediler. İş yok biz başladık iş aramaya. Tüm açılan kapılar kapandı. Kader peşimizi bırakmadı.

İş aramadık yer kalmadı Şarlova, Marchienne, Nivelle, Gosli, Brüksel aklına nere gelirse her tarafta iş aradık. Yok yok yok. Ümitle her sabah evden çıkıyoruz hüzünle dönüyoruz.

Bir gün bir sabah Brüksel'e iş aramak için gittik ve aynı gün iş bulduk. Saat dörtte iş başı yaptım. Temizlik işçisiydim bir büyük büroda. O gün çalıştım. Rafet ise oraları tanımaz kapının önünde beni beklemiş tam dört saat. Ertesi günü tekrar işe gittim masaların üstü silindikten sonra tuvalet temizlenecek, dediler. Gel de temizle, gel de kızma bozuk düzene. Son çare ki temizledik. Çıkışta sordular, hamile misin, dediler. Hayır, dedim. Halbuki iki aylık hamileydim. Sonra düşündük, bugün saklasan bile yarın bilinecekti, onun için bir daha gitmedim.

Bütün zor şartlar altında hayatımızdan memnunduk.

Mutlu bir yuvamız vardı. Bizi ezen tek bir şey ana baba hasreti idi. Burnumda tütüyorlardı. Ama kader, elden ne gelir. Bir defa evlenilmiş ve buraya gelinmişti. Dosta düşmana fırsat verilmeyecek işçi olunacaktı. Bir defa babamın o sözüne karşılık çok çalışmalıydık. Babam onların tarlası yok diye beni vermiyordu Rafet'e. Biz ne yapıp edip kendimizi düzeltmeliydik. Çok acılar çektik çok.

O soğukta iş bulmak için kapı kapı gezmek... Kendi ülkemde el üstü gezerken gidip tuvalet temizlemek kolay hazmedilecek bir iş değildi."

Yazar artık günlükten değil, Nadire'den sesli olarak almak istiyordu burdan ötesini. Bir bitki çayı yaptırıp onun evinde onu dinlemeye başladı.

— Nasıl anlatayım nerden başlayayım hocam. Biz karı koca çok büyük acılar çektik. Eğer birbirimize olan sevgimiz bizi motive etmeseydi, o acılara katlanamazdık.

Sonra iş yeri açtık, çok paralar kazandık, devamlı arsa aldık. Babama göstermek için olsa gerek...

Sıra, köye ev yaptırmaya geldi. Aman Allah'ım! Kayın validem zehir zemberek. Burda ev yaptırman diyor. Şimdiki aklım olsa, ben de onların toprağına ev yaptırmazdım. Fakat Rafet, baba ocağından kopmak istemiyordu. Benim çektiğim acılar solda sıfır kalmaya başladı. Çünkü kayınvalidem, annemi, kardeşlerimi asla evimize sokmuyordu. "Bu ev benim, kendi evini yaptırınca sokarsın, şimdi sokamazsın" diyordu. Çok acı geliyordu bu bana, ama sabrediyordum, kendi evime geçince bedelini ödeyecekti. Kayınvalideyse kayınvalideliğini bilmeli, hiç bir geline yapılamazdı bana yaptığı.

Evin duvarı da dökülüyor. Kaynatam çok iyi insandı, zaten Rafet anneye değil babaya çekmişti.

Müteahhit ile anlaştık, paranın bir kısmını verdik, eski ev yıkılacak, yeni ev yapılacak. Fakat kayın validem ustalara müteahhite yapmadığını bırakmıyor, bütün gelinleri dövmüş, şimdi bana hazırlanıyor. Zaten hakaretlerin bini bir para. Eldir, yabancıdır demeden küfürlü sözlerle hakaret ediyordu.

Birgün üzerime yürüdü, hemen yerdeki taşa uzandım, yeter senden çektiğim, bi gel de gör ne olacak, dedim cesaret edemedi.

Oğluna devamlı baskı yaptı, o seni kullanıyor, onu bırak sana istediğin kızı alacağım, dedi. Hatta görüncemin birini de ağabeyine beni bırakması için akıl verirken duydum. Rafet'i işleyen çoktu, ama Rafet hiç aldırmadı. Ya aldırsaydı ne olacaktı? Cevabı basit, yuvamız yıkılacaktı.

Bir gün yine duvarları yıkmayın, diye kıyamet kopuyor. Annesi ortalığı çınlatıyordu. Bir baktım Rafet yok. Bir saat sonra baktım dışarıda bir gürültü var. Bir de baktım Rafet dozer getirmiş, kendi kullanıyor, bir kepçe vuruyor duvara duvar yerde, kısa sürede yerle bir etti duvarları. Ertesi gün de molozları topladı, dümdüz yaptı orayı. Annesinde çıt ses yoktu tabii.

Evi yaptık. Kayın valideme gittim, işte evim yapıldı.

Benim ailemi tam altı yıl benim evime sokmadın. Şimdi sen de benim evime tam altı yıl girmeyeceksin. Kızın da giremeyecek. Kaynatama bir canım var feda olsun. O temellide kalabilir, dedim.

— Burdan oraya girelim Nadire. O yanlış yapmış sen insanlık yapsaydın.

— İnan bana düzelmesi mümkün değildi. Öyle bir insan hayatınızda görmemişsinizdir. Onun, bir şekilde yaptıklarının yanına kar kalmadığını öğrenmesi gerekiyordu. O insan anlatılamaz. Yıllarca kan kusturdu. Bunların kitapta çıkmasını neden istiyorum. Bana psikopatlar asla iylikle yola gelmez, gibi geliyor. Ona öyle bir ceza biraz işe yaradı. Bu şu demek değildir. O sokakta kalsa onu evime almam, ona bakmam, demek değildir. Bakacak kimsesi olmasın ben alır evime bakarım, o ayrı bir konu.

— Seni istememesinin nedeni ne?

— Bütün insanlara illa sebep gerekmiyor. Ama şu olabilir. Bana söz verdikleri altını yapamadılar, karşılığında bana arsa verdiler. Ben arsayı aldıktan sonra çıldırdı. Almasam babam çıldırırdı.

— Peki, sen kayınvalidene, parayı kazananın biri de sen olmasaydın aynı yasağı koyabilir miydin? Yani, seni ekonomik özgürlüğünün elinde olması şımartmış olabilir mi?

Düşünür Nadire:

— Öyle gibi görünüyor, ama hayır! Başka kadınlardan bunu yapabilecek binde bir vardır. Ben eşimin adaletine güvenmesem yapamazdım. Eşim her şeyi görüyordu. Kırk söz bir büyü yerine geçermiş, fakat Rafet dolduruşa gelen erkeklerden değildi. Yıllarca zulüm görmüş geline, kocası da sahip çıkmazsa o gelin kafayı yer. Zaten bunca kafayı yiyenler nasıl yiyorlar. Hep haksızlığa uğradıkları için. Kayınvalide kancayı takınca, koca sahip çıkarsa denge sağlanır. Aynı şey damatlar için de geçerli. Benim nişanlı kız evlendi, oraları yazmadık, kocasına iki kere üst üste iş söylesem benim kız hemen gözlerini açıyor. "Hep o mu yapacak işleri?" diyor. Ben zulmetmem, ama kızım yine de kocasına kanat oluyor. İşte adalet bu, kim eziliyorsa ona sahip çıkılır. Bazı gelinler de kayınvalideyi eziyor. Burda neler gördüm. Gelin kayınvalidesini kabul etmedi kadın ağlayarak döndü Türkiye'ye. Kimse kimseyi ezmemeli, ezenler zaten cezasını, ama kul eliyle, ama Allah eliyle çektirdiğini çekecek. Bunun zıddı mümkün değil.

— Sıkıntı çektiğinde babana bildirdin mi?

— Hayır! Aç kaldığım günler oldu, babamdan kuruş istemedim.

Benim ailem, beni yürekli olacak şekilde yetiştirdi. Dolayısıyla ben kötü günlerimizde dökülmedim. Daima Allah'a güvendim, her zaman dua ettim. Gücünü Allah'tan alan insanla güvenilir olmayanlara güvenen insan bir midir?

— Çok çalıştın tamam. Şimdi mal varlığın ne kadar?

— Fazla değil, beş çocuğum var, on civarı dairem, Belçika'da, iki iş yerimiz, üç dört de kamyonumuz var.

Maddi olanı önemli değil, ama ben Belçika'da şerefimle, Müslümanca duruşu başardım, bu izzet zaten bana yeter. Çok kişinin ya Müslüman olmasına ya da Müslümanı sevmesine vesile oldum.

— Tabii çok önemli. Bütün Müslümanlar, kadını erkeği ile aynı olmalı. İnancının nasıl duruş istediğini, bir Müslüman bulunduğu çevreye bunu öğretmeli. Mesela, bir yerde diyelim birisi bayıldı. Orda bir Müslüman var. Ertesi gün, "Müslümanın bulunduğu yerde biri bayılmış, ama Müslüman hiç ilgilenmemiş dese, oradaki Avrupalıların hepsi birden "no... no... no.." sesleriyle çınlatmalı orayı. Hayır, Müslüman asla öyle merhametsizlik yapmaz, diyebilmeli. Bunu kim öğretecek Avrupalıya? Tabi ki Müslüman öğretecek.

* * *

Nadire çok sever İslâm'a hizmeti. Ömrü vaaz hocalarını vaaza taşımakla geçmiştir, fakat İmam Hatipli yeğeni Esma'dan başka kimse hoca olmadığı için içten içe hüzünlenmektedir.

* * *

Nadire'nin aile yapısı da ilginçtir. Kızlarını köylüsüne vermiştir. Oğlu bir İtalyan kızına aşık olur, kızın adı Lütfina'dır. Allah benim için ismini bile Müslüman ismi koymuştur, der oğlu. Lütfina çok temiz, namus anlayışı olan bir ailenin kızıdır ve Müslüman olmuştur.

Yazar, Nadire'yi tanıyan bazı Belçikalılara çeşitli sorular sormuştu. Bu soruların başında "Müslüman kadın denince zihninizde nasıl bir kişilik oluşuyor? Aldığı cevaplar şaşırtır Yazarı. Nadire'yi tanıyanlar, Nadire'yi tarif ederler, sözüne güvenilir, Müslüman olmayanlara da iyilik yaparlar, hiçbir insanı aşağılamaz, İnancına bağlı, dürüst, becerikli, başarılı, uyanık, aktif, güler yüzlü.

Yaşlı bir doktora sormuştu aynı bir soruyu. Doktor direk Nadire demişti.

Yazar, başörtüsü takan, ama çok bilinçsiz insanlar da geliyor size. Onları nasıl görüyorsunuz. İslâm ile nasıl bağdaştırıyorsunuz? Bu soruya Nadire'yi tanıyanlar, bizi Nadire ilgilendiriyor, onları hiç yorumlamadık, anlamında cevap veriyorlardı. Nadire'nin tanınmadığı ortamda, Avrupalılar net bir şey söyleyemiyorlardı. Ancak, komşusu işçisi Müslümansa, o kişiye göre de Müslüman kadını anlatıyorlardı. Art niyetli kişiler ise, Müslüman kadını burkalı, peçeli, iki gözü hariç hiçbir yeri görünmeyenler olarak tarif ediyorlardı. Yazar o kişilere, siz başörtülü kadın mı fazla görüyorsunuz, yoksa peçeli, burkalı mı?

Bir Fransız yakalanmışlığın ezikliğiyle gülerek, "Haklısınız, başörtülü daha çok gördüm fakat nedense onları İslâm ile örtüştüremiyorum."

İlla, zihinlere kazınan yansıyordu.

* * *

Günler sonra yine Brüksel'e giderlerken Yazar Nadire'ye sorar:

— Nadire "Karaman'ın koyunu, sonra çıkar oyunu" deyiminin temel hikayesini biliyor musun?

— Biliyorum tabii. Karamanlı olup da onu bilmeyen yoktur.

— Anlatır mısın?

— Sen bilmiyor musun Hocam?

— Tam sayılmaz.

— İnanmıyorum. Yazar bunu nasıl bilmez?

— Yer yüzünde, her şeyi bilen tek bir Allah kulu yoktur canım. Çok bilmiş yazarlar, hiçbir şeye "Bilmiyorum." demedikleri için, sizde yazar her şeyi bilir yargısı oluştu. Neyse, anlatacak mısın, Karaman'ın koyunu sonra çıkar oyunu deyimini?

— Tamam anlatayım. Karamanoğlu Mehmet bey Karaman harbinde, askeri azalıyor. Asker bitmek üzere, düşman ordusu ise kalabalık. Düşman karşı dağda görülüyor. Gece oluyor. Bizimkiler koyunlarına birer şamdan ateş yakıyor. Düşman kalabalık ışığı görünce "Bunların askeri çok" deyip kaçıyor. Koyunlara ışık takarken "Bunlar ne?" diyorlar. "Koyun" diyor. "Ne koyunu" diyorlar. Karaman'ın koyunu." diyor. Ne olcak bunlar böyle diyorlar: "Sonra çıkar oyunu" diyor. Fatih Sultan'ın damadı Beyle bu deyim böyle oluşur.

* * *

Nadire Paris'ten dönmüştü, Yazarla sohbet ediyordu.

— Yolda bir çocuk gördük, ona adres sorduk. Ankaralı bir Türk çocuğuymuş" Sizi ben götüreyim." dedi, arabamıza atladı, arabada damadım Savaş var. Çocuk yol boyu anlattı. Bir sevdiği varmış. Babası onu evlendirmiyormuş. Annen nerde dedim? Ayrılmış babasından, anne de baba da başkasıyla evli. Çocuğa dedim anası olmayanın babası da olmaz. Seni ben evlendiririm, sen evleneceğin zaman bana haber ver. Kız istemeye gitmek benden, ama seni araştırırım haa! Ben kalitesiz insanlara kız istemeye gitmem, dedim.

Yani hocam, komşunun hiç işi yoğumuş, ineği kulaksız kuzu doğurmuş. Ne yapayım, Allah benim karşıma çıkarıyor bu işleri. Bizim dinimizde insana yardım yok mu?

Nadire uzun bir dizi filmi gibi ele alınması gereken komplekssiz bir yapı olduğundan, Yazar onun diğer hikayelerini sonra dinlemek niyetiyle artık not almayı bırakır. Nadire'nin bir kitaba sığmayacağını çok iyi anlamıştır.

Yazar daha sonra İsviçre'ye gider. Orda bir ay araştırmasını yapar...Ordan Fransa'ya geçer, orda onbeş gün sürdürür araştırmasını, ordan Almanya'ya geçer, Almanya'da üç ay kalır, aynı şekilde araştırmasını sürdürür. Avusturya'da bir hafta kalır. Biraz da İtalya ve Danimarka derken, Yazar Batının Romanı için çok derin araştırmaları tamamlar. Tekrar Almanya'ya gelir ve orda Sema'yı arar:

— Selamun Aleykum Sema. Ne haber?

— Ve Aleyküm Selam Hocam, ne olsun bildiğin gibi.

— O adam hastanede mi? Kristel'in kocası.

— Haa o mu? O hastaneden çıktı. İki ay çok iyi idi. İki ay sonra tekrar azıttı. Ama henüz dövmedi.

— Tabii, boş duran insan sağlıklı duramaz ki, adama, 'git biyerlerde oku, kursa git, yürüyüş yap' desek bizi dinlemez.

— Gürbüz nasıl?

— Gürbüz size kırgın.

— Neden?

— Ona bir telefon açmamışsınız.

— Benim onunla telefon açacak kadar bir samimiyetim olmadı ki. Neyse ver telefonunu ona bir süpriz yapayım.

Yazar Gürbüz'le konuşur fakat gönlünü alamaz. Telefonu selam ile kapatır sonra Nadire'yi arar:

— Nasılsın Nadire?

Nadire Yazarın sesini duyunca çok sevinir:

— Ooo! Hamd olsun Hocam. Allah bu günleri aratmasın.

— Amin. Yeni bir dert aldın mı başına?

— Yok almadım hocam. Oğlumu kızımı evlendirdim çok yoruldum, Rafet'le bir Türkiye gezisi düşünüyoruz.

— Peki bize de beklerim Nadire. Her şey için sana, Havva Hocaya, çocuklarına, eşine, Cemile'ye, Mükremin'in Ayşe'ye eşine ve çocuklarına, Şerifeye, Aliye'ye eşine ve çocuklarına, Neclaya ve eşine, bana gurbetelde, nasılsınız, bir ihtiyacınız var mı, olursa mutlaka bizi arayın diyen tekkişi olan kardeşim Vefa'ya ve ailesine, benimle yakından ilgilenen Belçika milletvekili Serdar Kılıç'a ve Belçika'daki beni seven bütün kardeşlerime ve ablalarına kardeş ve ağabeylerine, akraba ve diğer dostlarına selam söyle. Allah'a emanet ol.

— Sende emanet ol, Güle güle canım Hocam. Seni asla unutmayacağım. Pardon hocam, Müslüman Kadın Avrupa'da bitti mi?

— Bitti, ama asıl bitişi, Batının Romanı'nda olacak inşallah. Fakat araştırmalarım bitti. Sıra yazmaya geldi inşaallah. Müslüman kadın Avrupa'da fakat duruşu net değil. Çünkü, İslâm'dan taviz vermeden, İslâm şahsiyeti ile vakarlı duruş sergileyen Müslüman kadın ve genç kız sayısı yüzde on yedi. Batının, Müslüman Kadını hissetmesi için bu rakam en az yüzde otuz olmalı. Müslüman kadın en az senin yarın kadar çalışkan olmalı. Müslüman kadın, kompleksiz olarak varlığını ortaya koymadıkça, İslâm'ın hem tavizsiz hem de hoş görülü olduğunu göstermedikçe, Müslüman kadın Avrupa'da olsa da Avrupa bunu hissedemeyecek. Bana öyle geliyor ki, Müslüman kadının varlığını dördüncü kuşakla önceki ve sonraki kuşaklar elele verirse, fakat İslâm'a sarılarak olursa bu dayanışma ve guruplar gurupculuk yapmadan... Kim hangi gurubu isterse ona gitsin. İslâm'dan ayrılmadıkça ve İslâm'ın çağdaşlığını ispat etmedikçe, dünya Müslüman kadını hissedemez. Müslüman kadınların kızların en az yüzde otuzu İslâm'ı gerektiği gibi yaşarsa işte o zaman, ancak o zaman Müslüman kadının Avrupa'da olduğunu Avrupa da hissedecektir. Gerçi kendimizi ispata mecbur değiliz. Ama bizim duruşumuzun tabii sonucu bu olacaktır. Tabi ki erkek de bunu isterse el ele olurlarsa, kadın erkek. İslâm'a göre yaşarlarsa... Erkek yaşamazsa İslâm'ı kadın, kadın yaşamazsa erkek yolculuğuna gücü zayıf olarak devam eder.

Nadire bir noktaya takılır:

— Tavizsizlikle hoşgörülü olmak konusunda bir örnek verir misin Hocam:

— Tabii. Diyelim ki, ben azimet derecesinde İslâmi kuralları yaşıyorum, ama İslâm'ı azimet derecesinde yaşamayana kaşlarımı çatmamam gerekiyor. İşte bunun adıdır hoşgörülü olmak. Ne tür haram işlerse işlesin, onu dinler, benden soruyorsa ona fikir veririm. Onu aşağılamam, ama günahını da sevmem, onaylamam. Kişiye yakın olsam da, Allah'ın yasakladığına, "Aa ne olacak, bundan bir şey olmaz" demem, haramla haramı işleyeni ayırırım. Ben bir günah işlemiş olsam, küçük günahtan bahsediyorum, (Allah cümlemizi büyük günah işlemekten korusun, Amin,) o günahı kaidede yapmamaya çalışırım. Bunlar zaten Müslümanların alması gereken duruştur... Müslümanların kadını erkeği artık bu duruşu tanıyor.

— Diyorsun.

— Allah'ın izniyle, diyorum.

* * *

Yazar, Nadire'yle vedalaştıktan sonra, tekrar Gürbüz'ü arar:

— Gürbüz, rahat edemedim, kırılmışsınya, sana söz veriyorum, tekrar geldiğimde sana zaman ayıracagım İnşallah. Seni farketmedim sanma.

Gürbüz çok sevinir. Fakat Yazar üzgündür. Mırıldanır "Size yetişemiyorum canlarım. Ama kitaplarımla hep sizinle olacağım İnşallah."

Yazar nihayet Nadire'deki sırrı anlamıştı. Nadire, Batılılara karşı, İslâm'ın söylediği gibi davranıyordu. Ve Nadire sevecendi, hoşgörülüydü, İslâmı elinden geldiği kadar yaşamaya gayret ediyordu.

* * *

Yazar son olarak annesini arar. Geleceğini müjdeler. Annesi yine şaşırtıcı konuşur:

— Ya, çok sevindim kızım gel tabi. Bak senden korktular artık bombaları azalttılar.

Yazar ağlaması gereken konuşmalara sadece gülümsiyerek saatine bakar.

-SON -